ऐसी वैसी औरत
(कहानी-संग्रह)

ऐसी वैसी औरत

अंकिता जैन

हिन्द युग्म

नया एवं परिवर्धित संस्करण

ISBN: 978-93-84419-63-9

प्रकाशक :
हिंद युग्म
सी-31, सेक्टर-20, नोएडा (उ.प्र.)-201301
फ़ोन- +91-120-4374046

मुद्रक : थॉमसन प्रेस
कला-निर्देशन : विजेन्द्र एस विज

पहला संस्करण : मार्च 2017
दूसरा संस्करण : अक्टूबर 2017
आठवाँ संस्करण : नवंबर 2025
मूल्य : ₹199

Aisi Waisi Aurat
(A collection of short stories by Ankita Jain)

Published By
Hind Yugm
C-31, Sector-20, Noida (UP)-201301
Phone- +91-120-4374046
Email- sampadak@hindyugm.com
Website- www.hindyugm.com

Eighth Edition: Nov 2025
Price: ₹199

दो बातें...

'ऐसी-वैसी औरत' मेरी पहली हिंदी किताब है। इस किताब को लिखना मेरे लिए शौक़ से ज़्यादा ज़रूरत थी। उन कहानियों को सामने लाने की ज़रूरत जो मुझसे जुड़े, मेरे आस-पास के लोगों के जीवन में घटित तो हुईं, लेकिन उन्हें न ही कोई नाम मिला, न पहचान। वे एक बुरी कहानी, बुरा ख़्वाब बनकर दब गईं। कई जगह तो हाल इससे भी बुरा रहा।

इस किताब की कहानियों में जिन औरतों को मुख्य चरित्र में रखा गया है, वे ऐसे चरित्र हैं, जिन्हें समाज में गू समझा जाता है। ऐसी गंदगी समझा जाता है, जिस पर मिट्टी डालकर उसे छुपा दिया जाता है- तब तक के लिए जब तक कि उसे साफ़ करने वाला जमादार न आ जाए; और यदि नौबत ख़ुद साफ़ करने की आए तो साफ़ करने वाले को रगड़-रगड़कर नहाना पड़े।

इस किताब की कहानियों को लिखते वक़्त मैंने अपने अंदर एक हल्कापन महसूस किया है, बिलकुल वैसा ही जैसा शरीर से ग़ैरज़रूरी हवा निकल जाने के बाद महसूस होता है। इन कहानियों को लिखने के बाद मेरे अंदर से भी वो हवा निकल गई है, जो बहुत सालों से भरती जा रही थी। अपने बोर्डिंग, हॉस्टल, नौकरी के दौरान साथ काम करने वाली लड़कियों, फ़्लैट में साथ रहने वाली लड़कियों, दोस्त, रिश्तेदारों, काम करने वाली दाइयों और फ्री समय में चौराहे पर बैठकर जिन लड़कियों व औरतों को मैंने आते-जाते देखा, उन सभी में से किसी-न-किसी ने मुझे एक कहानी दी है। वो ख़ुद अपनी कहानियाँ किसी से नहीं कह पाईं, क्योंकि उनके सच सामने आते ही उनके चरित्र से आदर्श समझी जाने वाली छवि को नोचकर अलग कर दिया जाता और उन्हें ऐसी-वैसी औरत के तमग़े से नवाज़ दिया जाता।

मैंने कोशिश की है कि इन कहानियों को उसी भाषा और रूप में लिख

पाऊँ, जिस रूप और भाषा में वे मेरे सामने आईं। कुछ कहानियाँ ऐसी भी हैं, जिन्हें सुनाने वाले स्त्री नहीं बल्कि पुरुष थे, जो समाज के प्रति समाज के नक़ाबपोश लोगों का एक अलग नज़रिया सामने रखते हैं।

मैं अपनी माँ, पापा और बहन की तहेदिल से शुक्रगुज़ार हूँ कि उन्होंने बचपन से मुझे आवाज़ निकालने का हक़ और ताक़त दी, जिसकी बदौलत आज मैं कुछ सच लिख पाने की हिम्मत कर पाई हूँ।

समर्थ, मेरे पति, ने भी मेरा हर क़दम पर साथ दिया और हमेशा आगे बढ़ते रहने के लिए प्रेरित किया है। स्त्री और समाज के प्रति उनके नज़रिये से, मैं इस बात के लिए बेफ़िक्र हूँ कि मेरी और यदि भविष्य में ऊपरवाले ने मुझे बेटियाँ दीं, तो उनकी ज़िंदगी औरत की कमज़ोरी नहीं, बल्कि ताक़त का रूप अपनाएगी।

मैं अपने पूरे परिवार और दोस्तों की भी शुक्रगुज़ार हूँ, जो हमेशा मेरे साथ खड़े रहते हैं।

सबसे ज़्यादा शुक्रिया आप पाठकों का, जिन्होंने मेरी किताब को पढ़ने लायक़ समझा और आज आपके हाथों में मेरी किताब है। अब आपका ज़्यादा समय न लेते हुए, गुज़ारिश करूँगी कि पन्ने पलटिए, आगे कई लोग आपका इंतज़ार कर रहे हैं। उम्मीद है, आपको इस किताब के चरित्रों से मिलकर अच्छा लगेगा।

अंकिता जैन

कभी तिराहे पर,
कभी आँगन में टाँगा,
कभी किसी खटिया
तो खूँटी से बाँधा,
कभी मतलब से
तो कभी यूँ ही नकारा
कभी जी चाहा तो,
ख़ूब दिल से पुकारा
कभी पैसों से
तो कभी बेमोल ही ख़रीदा,
मुझे पा लेने का
बस यही तो है तरीक़ा,
नाम था मेरा भी
पर किसे थी ज़रूरत,
कहते हैं लोग मुझे
ऐसी-वैसी औरत।

कहानी-क्रम

मालिन भौजी

शाम के 7 बज रहे हैं, दिसंबर के महीने के हवाले से बाहर रात का घेराव शुरू होने लगा है, और अंदर थानेदार की घूरती निगाहों के बीच मेरा। ज़िंदगी में पहली बार पुलिस स्टेशन आया हूँ। अंदर घुसने से पहले, अंदर घुसने के बारे में देर तक सोचता रहा, फिर लगा, 'ये उस औरत की खोज-ख़बर का आख़िरी ज़रिया है, जिसके घर में मैं पाँच साल से रह रहा हूँ, फ़र्ज़ बनता है।' इसी ख़्याल से मैंने ख़ुद को हिम्मत दी। अब थानेदार के सामने रिपोर्ट लिखाने बैठा हूँ। बैठते ही थानेदार ने इतने और ऐसे सवाल पूछ डाले हैं, जिनमें से आधों का जवाब तो पाँच साल में मैं भी नहीं जान पाया या शायद मैंने कभी जानने की कोशिश ही नहीं की। "कौन थी? तेरी क्या लगती थी? कहाँ की थी? कोई फोटो? कोई पहचान? कहाँ जा सकती है? कबसे ग़ायब है?" सवाल पूछने के बाद थानेदार ने अपनी निगाहें मुझ पर टिका दी हैं और मैंने अपनी चप्पलों पर। किसी की सवालिया नज़रों से बचने का इससे सरल

उपाय मुझे आज तक नहीं सूझा।

"अरे टाइम खोटी मत कर लड़के, नाम बता उसका," जब थानेदार ने फटकारते हुए कहा, तो मेरा दिमाग़ याददाश्त की वो परतें खरोंचने लगा जिनके नीचे दबा है मालिन भौजी का असली नाम। जो मैंने सिर्फ़ एक बार पूछा था, वह भी किराएदार बनने के शुरुआती दिनों में। घर से कुछ सामान मँगाना था। पते के 'केयर ऑफ़' में उसका नाम लिखने के लिए जब मैंने पूछा, तो हमेशा हाथ में रहने वाले मीठी सुपारी के पैकेट से एक दाना मुँह में डालते हुए, अपनी आँखें तरेरते हुए वह बोली थी, "नाम तो हमारा बैजंती है, दिखने में भी हम बैजंती माला से कम नहीं, लेकिन शादी के बाद से हमने भी हमारा नाम नहीं सुना... पति माली था हमारा, चौक वाले मंदिर में... क़िस्मत उसे तो ले गई, बस हमें ये नाम दे गई- मालिन भौजी... तुम अपनी चिट्ठी पे भी यही लिखवा दो, डाकिया बैजंती के नाम से तुम्हारी चिट्ठी वापस न ले जाए.. यहाँ कोई हमें बैजंती के नाम से नहीं जानता।" अपनी बात ख़त्म करके जब वह ठिलठिलाकर हँसी थी, तो मैं समझ नहीं पाया था कि डाकिए की नासमझी पर हँस रही थी, अपनी क़िस्मत पर या इस छोटे-से शहर के उन लोगों पर जिन्होंने बैजंती को नहीं सिर्फ़ मालिन भौजी को जाना। आज के ज़माने में ये भौजी शब्द जुबान को थोड़ा अजीब लगता है, इसलिए मैंने शुरुआत में उसे भाभी पुकारा, फिर धीरे-धीरे सबके साथ मैं भी भौजी पर आ गया। उसे भी भौजी ही अच्छा लगता है। वह कहती है, "भाभी पराया लगता है।" वैसे मोहल्ले की औरतों के बीच वह फॉल-पीकू वाली के नाम से भी जानी जाती है। अपने इन निराले नामों पर भौजी ख़ुद भी ख़ूब हँसती है।

थानेदार ने फटकारा तो मैं ख़यालों से बाहर आया और झेंपकर उसे वही जवाब दिया, "जी नाम तो उनका बैजंती सर्वेकर है, लेकिन अगर आप मालिन भौजी के नाम से ढूँढ़ेंगे तो जल्दी मिल जाएँगी।" मेरे इतना कहने पर थानेदार मुझे वैसी ही नज़रों से घूर रहा है, जैसी किसी कुत्ते की होती हैं जब वो अलसाया हुआ-सा सड़क पर सोने की फ़िराक में लेटता है और किसी गुज़र रही बिल्ली को मारकर खाने की जगह उसे दुत्कार कर भगा देता है, सिर्फ़ इसलिए कि उसका उठने का मन नहीं।

नाम के बाद थानेदार ने रिश्ता पूछा, तो फिर मेरी नज़रें चप्पलों पर अटक

गई हैं। मैंने थानेदार की तरफ़ देखे बिना ही कहा, "जी, मैं उनके यहाँ किराए से रहता हूँ।" मेरे इतना कहने पर थानेदार ने वही कहा जिसकी मुझे उम्मीद थी, "तो तू क्यों आया, कोई परिवार वाला नहीं है क्या?"

इस बात पर मैंने थानेदार को कोई जवाब नहीं दिया। देता भी क्या, मैंने ख़ुद भी कभी मालिन भौजी के किसी रिश्तेदार को आते-जाते नहीं देखा था। हाँ, एक बार मैंने उससे पूछा ज़रूर था कि आपके परिवार में कोई नहीं क्या? इसका जवाब उसने ठंडी आह के साथ दिया था, "परिवार है नहीं... था... शादी के दो साल बाद ही जब मैं विधवा हो गई, तो ससुराल वालों ने राँड़ कहकर घर से निकाल दिया और मायके में भाई ने बोझ समझकर दोबारा पूछा नहीं। वो तो मैंने हिम्मत करके अपनी लड़ाई लड़ी... कोरट तक घसीटा अपने ससुराल वालन को और अपने हिस्से की ज़मीन-जायदाद लेकर अलग हो गई। बस तभी से ये घर मेरा और मैं इसकी..."

मालिन भौजी जिसे अपनी ज़मीन-जायदाद कहती है, उसके नाम पर सिर्फ़ दो कमरे और एक आँगन का कच्चा-पक्का घर है। दो में से एक कमरा उसका है, जिसकी छत खपरैल वाली है और ज़मीन मुजाइक। दूसरा कमरा वह जिसमें मैं रहता हूँ। जो पूरा पक्का है, छत भी और ज़मीन भी। रसोई के नाम पर आँगन के एक कोने में छप्पर डलवा रखा है, जहाँ भौजी कभी खुले में रखी गैस पर दूध चाटती बिल्ली को भगाती है, तो कभी बारिश के चलते गैस ही अंदर ले जाती है। आँगन के दूसरे कोने में डला है उसका पुराना लोहे का झूला। ये भी बँटवारे में मिला था। अब मरम्मत माँगता है। मुझे कई बार डर लगता है, जब भौजी मुझे उस पर बैठने के लिए कहती है, वज़न ना झेल पाया तो झूले के साथ-साथ अपनी कमर की भी मरम्मत करानी पड़ेगी। मरम्मत तो वैसे पूरा घर ही माँगता है, लेकिन वो हर दिवाली सिर्फ़ किराएदार के कमरे को पुतवाती है। अपने कमरे की दरारें, दीवारों से रंग की उखड़ती पपड़ियाँ उसे अच्छी लगती हैं, ऐसा वो कहती है।

"कोई भी नहीं उसके घर-परिवार में, न कोई कभी मिलने आया?" मैंने थानेदार को मालिन भौजी के परिवार के बारे बताया, तो उसने आश्चर्य

से आँखें फैलाते हुए पूछा। मैंने जवाब में सिर्फ़ 'जी... नहीं' कहा, ये छुपाते हुए कि एक वकील साहब हैं, जो अक्सर उससे मिलने आते हैं। उन्होंने ही सालों पहले उसके बँटवारे का केस लड़ा था।

वकील साहब से अपने रिश्ते को मालिन भौजी तो दोस्ती और हमदर्दी का रिश्ता कहती है, लेकिन आस-पड़ोस वाले उस रिश्ते को वही नाम देते हैं जो एक विधवा, अकेली औरत के किसी पराए मर्द के साथ बनते ताल्लुक़ात के बाद दिया जाता है। हाँ, अगर कोई मुझसे पूछे तो मैं पाँच सालों से इस बात का गवाह रहा हूँ और उस रिश्ते की पाक नीयत की ही गवाही दूँगा। यह और बात है कि लोग मेरी उस गवाही पर भी सवालिया नज़र गड़ाकर मुझे ही अपने लपेटे में लेने लगे थे, इसलिए मैं अपनी इज़्ज़त बचाने के चक्कर में लोगों के सामने, ख़ासकर उस बात के लिए अब चुप रह जाता हूँ। जब बात अपनी इज़्ज़त की आती है, तो आदमी कायर हो जाता है। आज थानेदार के सामने भी मैं कायर हो गया हूँ, ये सोचकर कि थानेदार भी वकील साहब के चक्कर में मालिन भौजी की कोई पूर्वाग्रह से ग्रसित छवि न बना ले। वैसे वकील साहब का ज़िक्र न करने की एक वजह यह भी है कि ख़ुदा-न-ख़ास्ता अगर वकील साहब की कोई पुरानी दुश्मनी थानेदार से हुई, तो मालिन भौजी का पता लगना नामुमकिन हो जाएगा। मैंने देखा है कि क्राइम वाले वकीलों की अक्सर थानेदारों से नहीं बनती।

"अरे पांडेय... इसे हटाओ यार यहाँ से... एक घंटे में एक जवाब दे रहा है।" मुझे फिर से चुप देखकर थानेदार ने मुझे हवलदार के हवाले कर दिया और ख़ुद किन्हीं काग़ज़-पत्तर में उलझ गया। किसी थानेदार को इस तरह मशरूफ़ पहली बार देख रहा हूँ। आज से पहले तो टीवी-अख़बारों में ही देखा था, वो भी खुली शर्ट में आधी बनियान दिखाते हुए, कान खुजाते हुए या परेशान लोगों को बेवजह फटकारते हुए। ख़ैर, थानेदार के बाद अब मैं हवलदार के सामने बैठा हूँ, लेकिन नज़रें अब भी अपनी चप्पलों पर ही गड़ी हैं। आज अगर पुलिस स्टेशन नहीं आया होता, तो पता ही नहीं चलता कि बाबू की नौकरी में भागते-भागते कब उलटे पैर की चप्पल का अगला हिस्सा मेरे अँगूठे के नीचे से घिस गया है।

"आपके पास उनकी कोई तस्वीर वगैरह है?" नई चप्पल किस दुकान

से ख़रीदनी है इसके बारे में मैं सोचता, उससे पहले ही हवलदार ने मुझसे अगला सवाल पूछा। मेरे पास तस्वीर नहीं है, कहाँ से आती, मैंने कभी उसके साथ खिंचवाई होती तभी तो आती न। उसने तो कहा भी था एक बार। वकील साहब ने उसे नया स्मार्ट फ़ोन दिलाया था, तब उसने मुझसे ही अपनी कुछ तस्वीरें खिंचवाई थीं। सेल्फी के लिए भी बोली थी, "भैया, ये आजकल के मौड़ा-मौड़ी ख़ुद ही मोबाइल में देख-देख के तस्वीरें खींचते रहते हैं... एकाद हमाई भी खींच देना वैसी ही।" मैं बस मुस्करा दिया था। दफ़्तर के लिए देर हो रही थी, इसलिए उस वक़्त मेरे साथ सेल्फ़ी की उसकी ख़्वाहिश अधूरी ही रह गई और उसके बाद कभी पूरी नहीं हो पाई। उस दिन कहाँ पता था कि किसी दिन वही तस्वीर उसको ढूँढ़ने के काम आएगी, वरना खींचकर अपने फ़ोन में रख लेता!

"जी तस्वीर तो नहीं है," आख़िर में वही जवाब दिया, जो बिना सोचे-समझे ही दे देना चाहिए था। "तो हुलिया, उमर वग़ैरह बताओ?" हवलदार ने पूछा तो इस बार मैंने बिना कुछ सोचे जवाब दिया, "उमर 45-50 के बीच, हुलिया गोरी, रोबदार, लंबी-सी दिखने वाली..."

उसके बाद हवलदार ने कुछ और सवाल पूछे, जिनके मैंने सुने-अनसुने से जवाब दिए और अब घर जाने के लिए वापस निकल गया हूँ। हवलदार ने मेरा नंबर ले लिया है, यह कहकर कि जैसे ही कुछ पता चलेगा, वह ख़बर करेगा।

मैं घर के लिए निकल तो गया हूँ, लेकिन क़दम घर की तरफ़ बढ़ना नहीं चाहते। वो जानते हैं कि ख़ाली घर देखकर, रोज़ की तरह आँगन में अपने झूले पर बैठी किसी पुरानी किताब को पढ़ती मालिन भौजी को न पाकर मेरा मन दुखी हो जाएगा। समझदार क़दम ख़ुद-ब-ख़ुद ज़िला पुस्तकालय की तरफ़ मुड़ गए हैं, जहाँ से मैं उसके लिए अक्सर हिंदी की पुरानी किताबें लाया करता हूँ।

रात नौ बजे बंद होने वाली लाइब्रेरी के छोटे-से हॉल में आठ बजे उतना ही सन्नाटा है, जितना मुझे चाहिए, उन कुछ सवालों के बारे में फिर से सोचने के लिए जो थाने में मुझसे पूछे गए... और जिनके मैं आधे-अधूरे जवाब दे

आया हूँ।

वैसे उन सवालों के सच को पूरा करूँगा, तो मालिन भौजी एक कहानी बन जाएगी। सच में मेरे लिए वो किसी कहानी की तरह ही है। मैं पुरानी फिल्मों का शौक़ीन हूँ, इसलिए मुझे मालिन भौजी की हर हरकत में पुराने सिनेमा की कोई कहानी, कोई कैरेक्टर दिखाई देने लगता है। कभी वो मुझे 'सासू जी तूने मेरी कदर न जानी' वाली रेखा की याद दिलाती है, तो कभी 1991 की रजित कपूर वाली 'दत्तक' फिल्म की... और मेरा मन करता है कि मैं भी उसे गोद ले लूँ। अगर कोई गाना या गुलज़ार की नज़्म मानूँ तो उसकी कहानी चिलचिलाती धूप में अचानक हुई उस बारिश की तरह है जिसमें आँगन भीग जाता है, बाग़ीचे में खिले एक सुर्ख़ लाल गुलाब के उस ज़ात बाहर किए पत्ते की तरह जो पीला रह जाता है... ताज़े हरे चने की डाली के उस एक चने की तरह जिसे सूखा होने पर छिलकों के साथ रख दिया जाता है, और हर हफ़्ते डाई करने के बाद भी उसकी माँग के उस एक सफ़ेद बाल की तरह जो झाँक-झाँककर उसे उसकी उम्र दिखाता रहता है। फिर भी न उसकी उम्र बढ़ती है, न दिल की नीरसता। अपने सफ़ेद बाल की तरफ़ से वो मुझसे कहती है, "अरे तेरे बालों को टटोलूँगी, तो तेरे मुझसे ज़्यादा सफ़ेद निकलेंगे। उस हिसाब से तो मैं तुझसे जवान हुई!"

वह आज भी उतनी ही मन की रसीली है, जितनी सोलहवें साल में हुआ करती होगी। जिन लोगों को पता नहीं वह उसके रहन-सहन से यह नहीं कह सकते कि वह विधवा है। वैसे विधवाओं को सामान्य औरतों की ज़ात से बाहर करके सिर्फ़ सफ़ेद रंग लपेटने की प्रथा मेरी समझ से भी हमेशा बाहर ही रही है। जो चला गया उसके नाम पर सारी ज़िंदगी बैरंग लिफ़ाफ़े की तरह यहाँ-से -वहाँ दूसरों के सहारे दर-दर भटकते रहने का यह तर्क मेरी समझ से परे है। मालिन भौजी भी कहती है, "गुज़रने वाले को याद करना और उसकी याद में ज़िंदगी अपने ही हाथों से दफ़ना देना ये दो अलग-अलग बातें हैं, जिन्हें आज भी समाज के नाम पर थू-थू करके एक कर दिया जाता है।" इसलिए जब भी ऐसी बातें निकलती हैं, तो वह अकड़ से कहती है, "क्यों, रंगीन होने का हक़ सिर्फ़ मर्दों को होता है क्या? मैं आज भी प्रेम महसूस करती हूँ... और तू सुन ले, मेरी लाश को अगर तूने सजा-सँवार कर नहीं

जलाया तो तू नरक में जाएगा।'' न जाने अपनी कितनी ही बातों में कितनी ही बार अपने दाह संस्कार का हवाला देकर उसने मुझे अपना बेटा बना लिया है। जैसे मैं सारी ज़िंदगी उसका किराएदार बनकर रहने वाला हूँ।

वैसे भौजी की एक और बात है, जो मुझे उसके दिलचस्प कैरेक्टर से बेहद जुड़ा हुआ रखती है- उसका पढ़ने-लिखने का शौक़। पति, पैसा, घर-परिवार न सही लेकिन एक चीज़ है उसके पास- वह लिखना-पढ़ना जानती है। गाँव की पुरानी औरतों में ये कम ही देखने को मिलता है, लेकिन मालिन भौजी आठवीं तक पढ़ी है और क़िस्से-कहानियों की शौक़ीन है। अपने झूले पर बैठकर मुझसे मँगा-मँगाकर, हिंदी की किताबें पढ़ती रहती है और कई सारी कविता-कहानियों से अपनी डायरी भरती रहती है। अपनी लिखाई सुनाने के लिए कभी-कभी वह मुझसे जो पाँच रुपए ले लिया करती है, फॉल-पीकू के अलावा उसे भी वह अपनी मेहनत की कमाई मानती है और लड़-झगड़ कर इस मकान को हासिल करने के बाद इसमें रहने वाले किराएदारों से जो पैसे मिलते हैं, उसे हराम की। जिस दिन उसने मुझसे ये बात कही थी, मुझे इसका कारण समझ नहीं आया था, लेकिन इस बारे में कुछ और पूछने का उस दिन माहौल नहीं था। उस दिन तो वो अपनी डायरी खोलकर बैठी थी। अपने कुछ पीले पड़ चुके पन्नों पर हाथ फेर-फेरकर मुझे वह सब सुना-बता रही थी, जो शायद उसने अरसे पहले लिखा था और जिया भी।

''क्या चाहती हूँ मैं ज़िंदगी तुझसे,
शायद
एक बारिश की शाम
जो हो मेरे और सनम के नाम
या एक धारदार खंज़र
जो मिटा दे मेरे हारे मंज़र
या फिर
कोई गोदी, जो भीगी हो मेरी शिक़ायतों के आँसुओं से,
या मेरी खिड़की के सामने कोई खिलता गुलाब,
जो आज़ाद हो मुरझाने की हर ज़िद से,
शायद,

किसी रात की तेज़ आँधी,
जो उड़ा ले जाए सारे टूटे-बिखरे ख़्याल,
या नरम उँगलियों का सुकून,
जो सुलझा सके मेरे गुच्छों में उलझे सवाल...
या शायद उस रात की गहरी नींद,
जो इस जहाँ में कभी न खुले,
ताकि मेरी अधूरी चाहतें,
तुझसे कभी न मिलें।

इसे सुनने-सुनाने के बाद वह और मैं बहुत देर तक चुप रहे थे। चर्र-चूँ करके बस उसका अधमरा झूला हिलता रहा और हमारे बीच की ख़ामोशी को भरता रहा।

"घर जाकर सोइए बेटा, लाइब्रेरी बंद करनी है हमें," लाइब्रेरियन ने आकर हिलाया, तो होश आया कि टेबल पर माथा टिकाकर मैं एक घंटा काट चुका हूँ। अब मुझे कोई दूसरी जगह ढूँढ़नी पड़ेगी, जहाँ मैं मालिन भौजी के मिलने तक बैठ सकूँ। कल की रात तो मैंने इंतज़ार में, कहाँ जाना चाहिए, किससे उसके बारे में पूछना चाहिए, इन्हीं सब में काट दी; मगर आज की रात मन घर ज़ाने की फ़िराक में नहीं। कहीं तो जाना पड़ेगा। 'वकील साहब के घर?' यह वह सवाल कौंधा जिससे मैं कल से बच रहा हूँ। इस सवाल के साथ आने वाले उस दूसरे सवाल की वजह से, जिसके बारे में मैं बिलकुल भी नहीं सोचना चाहता। मुझे यक़ीन ही नहीं पूरा भरोसा है कि मालिन भौजी किसी भी सूरत में वकील साहब के साथ नहीं भागी होगी। बस इस 'भागी होगी' जैसे नीच ख़्याल की वजह से ही कल से मैं इस बारे में नहीं सोच रहा था। मैं नहीं चाहता कि मैं किसी भी मायने में मालिन भौजी के बारे में ग़लत सोचूँ। वैसे भी अगर उसे ऐसा करना होता तो मुझे ज़रूर बताती। इतना रिश्ता तो था हमारे बीच। ये ख़्याल मन में आते ही मन ने मुझसे पूछा- "वाक़ई था क्या?" "मुझे नहीं लगता"। मन ने फटकारा, "पिछले पाँच सालों में अपने दफ़्तर से घर आने के बाद, कमरे के बाहर बने बाथरूम में हाथ-मुँह धोते समय जो तुम दोनों एक-दूसरे की ख़बर ले लेते थे उससे रिश्ता बनता है क्या? और कभी जब भौजी ज़बरदस्ती जो तुझे खाने पर बुला लेती थी, ख़ुद

ही कुरेद-कुरेद कर तेरी ज़िंदगी के बारे में पूछती थी, उससे रिश्ता बनता है क्या? तूने तो कभी उससे उसके बारे में नहीं पूछा, बस गूँगा बना सब देखता रहता था। अरे, जब बारिश के दिनों में लाइट चली जाती थी और वह झूले पर बैठकर तुझे अपनी कविताएँ और कहानियाँ सुनाया करती थी, तब भी उससे उसके बारे में पूछ लेता, तो शायद आज तुझे भी भनक होती कि कभी घर से न निकलने वाली अचानक कहाँ ग़ायब हो गई।''

मन की फटकार के आगे मैं कुछ कहने लायक़ भी नहीं बचा हूँ। बस चुपचाप वकील साहब के घर के बाहर आकर खड़ा हो गया हूँ। इससे पहले कभी इनके घर आया तो नहीं, बस दफ़्तर जाने के लिए घर से निकलते ही अगली गली में मुड़ता हूँ, तो कोने का मकान होने की वजह से नज़र पड़ ही जाती है। आज अगर अंदर गया तो कहूँगा क्या? क्या यही कि मालिन भौजी कल से ग़ायब है और दोस्त होने के नाते आपको उसे ढूँढ़ना चाहिए। हाँ, यही ठीक रहेगा। हो सकता है उन्हें पता भी न हो कि मालिन भौजी ग़ायब है। यही सोचकर क़दम पहली सीढ़ी पर रखा ही था कि मन ने फिर फटकारा- ''और अगर वकील साहब भी ग़ायब हुए तब? घर में उनकी कोई बीवी हुई, बच्चे हुए तो उन्हें अपने बाप की इस हरकत पर सदमा लग जाएगा। क्या पता उन्हें कुछ मालूम भी हो या नहीं। ग़लत इलज़ाम में कहीं पिटकर वापस न आ जाऊँ।'' मन की इस फटकार ने मेरे क़दमों को वापस सीढ़ी से उतार दिया और मैं घर की तरफ़ मुड़ गया हूँ। मन फिर मालिन भौजी और वकील साहब के रिश्ते में वो कड़ियाँ ढूँढ़ने लगा है जिसकी बुनियाद पर मैं उन दोनों को शक के घेरे में डाल सकूँ।

दफ़्तर से वापस आते वक़्त जब-कभी मैंने वकील साहब को घर से निकलते देखा है, तीज-त्योहार पर मिठाई और कभी-कभार मालिन भौजी के लिए तोहफ़े लाते हुए भी। मालिन भौजी का जन्मदिन बसंत पंचमी के दिन आता है, यह भी वकील साहब को याद है, पर ख़ैर, पच्चीस-तीस साल पुरानी दोस्ती होने के नाते इतना रिश्ता तो बनता है। इसके अलावा मैंने कभी भी उन दोनों के बीच कुछ ऐसा होते हुए न देखा, न एहसास किया, जिसे मैं उनके बीच पनपने वाले उस रिश्ते का आधार मान सकूँ, जिसे लोग ग़लत कहते हैं। हाँ, लेकिन एक बार जब वकील साहब को मालिन भौजी याद कर रही थी,

तब उसने कुछ ऐसी लाइंस सुना दी थीं, जिनसे मुझे पहली बार लगा था कि उसके मन में वकील साहब के लिए कोई विशेष जगह है–

"मैं उदास नहीं, मगर शामें ख़ामोश हैं मेरी, वक़्त भी है, काश कुछ जी लिया होता

हूँ तड़पती, ए ज़िंदगी मैं चाहतों में तेरी, काश तेरी नेमतों का घूँट पी लिया होता..."

सच कहूँ तो मेरे मन में भी कई बार उन दोनों के रिश्ते को लेकर कुछ ग़लत ख़्याल उपजे हैं। ग़लती मेरी नहीं इस समाज की है, जो अपने नियमों में बाँधकर बचपन से लोगों का ऐसा माइंड–वाश करता है कि बड़े होकर अगर कोई किसी बात को सही देखना भी चाहे तो निष्पक्षता से न देख पाए। मेरे साथ भी कुछ वैसा ही होता है, जिसकी वजह से मैं एक तऱफ मालिन भौजी को माँ के रूप में देखना चाहता हूँ और दूसरी तऱफ उसके बारे में उड़ी अफ़वाहों, वकील साहब से उसके रिश्ते और उसके रंगीन मिज़ाज के चलते उससे उखड़ा–उखड़ा रहता हूँ। पर अब मुझे अपनी हर उस बात पर पछतावा है। सच में, इस बार झूठ नहीं। इस बार भौजी आएगी, तो उससे नए सिरे से निष्पक्ष रिश्ता बनाऊँगा। सिऱ्फ किराएदार नहीं रहूँगा।

घर नहीं जाऊँगा सोचते–सोचते पता नहीं कब वकील साहब के घर से मुड़े क़दम अपने घर तक ले आए। अंदर नहीं जाता, अगर घर का दरवाज़ा खुला न देखता। मन ख़ुशी से छलाँगें लगा रहा है और धड़कन तेज़ हो गई है। "वह आ गयी, अंदर जाकर चिल्लाऊँगा, डाँटूँगा, आगे से कभी ऐसे बिना बताए गई तो मुझसे बुरा कोई नहीं।" लेकिन अंदर पहुँचा हूँ, तो मालिन भौजी लाल साड़ी में वकील साहब के साथ झूले पर बैठी है।

"अरे तू कहाँ चला गया था, कबसे तेरा इंतज़ार कर रही हूँ, ले मुँह मीठा कर।" मेरे मुँह में मिठाई का टुकड़ा घुसाते हुए मालिन भौजी जिस तरह मुस्करा रही है, वह मुस्कराहट मुझे अच्छी क्यों नहीं लग रही! मैं क्यों उसके साथ नहीं मुस्करा पा रहा हूँ, क्यों स्तब्ध–सा मूकदर्शक बना खड़ा हूँ। क्यों उसे ग़ुस्सा नहीं दिखा पा रहा हूँ कि दो दिन से ग़ायब थी और आज जब आई है तो ऐसे! मुझे बताकर ही चली जाती, तो कम–से–कम मैं परेशान

होकर पुलिस स्टेशन तो नहीं जाता। लेकिन मैं कुछ भी कह नहीं पा रहा हूँ। बस स्तब्ध हूँ, एहसास भी अंदर कुछ ख़ुशी, कुछ ग़ुस्सा और कुछ तकलीफ़ की मिली-जुली हिलोरें ले रहे हैं। शायद मैं झूले के कोने से लटक रहीं उन फूल-मालाओं और मालिन भौजी की माँग में लगे उस सिंदूर के लिए ख़ुश हूँ कि आज कई सालों बाद किसी ने इज़्ज़त देकर उसे सर-आँखों पर बैठाया है... और शायद इस बात से ग़ुस्सा भी कि अब वो मुझसे अपने दाह संस्कार का हक़ छीनकर वापस लौटी है।

छोड़ी हुई औरत

साढ़े चार घंटे नैरो गेज की ट्रेन में एक ही पोजीशन लिए अकड़े रहने के बाद, पैरों पर सीधे खड़े होने में कुछ वक़्त लगा। ट्रेन से बाहर आ गई हूँ, इसका एहसास तब हुआ जब घंटों तरह-तरह के पसीने की बदबू के बाद नथुनों से कुछ साफ़ हवा पार हुई। स्टेशन के बाहर का नज़ारा ज़्यादा नहीं बदला है। आख़िरी बार जब सात साल पहले यहाँ आई थी, तब बस वो सामने वाली चौकी नहीं थी। पहले वहाँ एक टूटी पुरानी झोपड़ी हुआ करती थी, जिसमें गोली-बिस्कुट, चाय-समोसे और भजिए बेचने वाला एक बूढ़ा रहता था। अब पीले रंग की इस चौकी में ख़ाकी वर्दी वाले बनियान में बैठे हैं। वैसे भी चम्बल के इस इलाक़े में मुझे पुलिस स्टेशन के होने का कोई मतलब कभी समझ नहीं आया, यहाँ का हर आदमी ख़ुद को थानेदार समझता है। स्टेशन के बाहर पुरानी यादें कुरेदते हुए दो क़दम आगे चली ही थी कि रिक्शेवालों ने घेर लिया।

"कितें जाओगी मेडम जी?" एक ने आगे बढ़कर पूछा, तो चेहरे पर यकायक मुस्कराहट आ गई। बहुत दिनों बाद ये टोन सुनने मिली थी। कितना ही दूर रह लो, लेकिन अपने गाँव की भाषा चुटकियों में आपको गाँव से जोड़ देती है।

"डाकखाना रोड, मित्तल जी के यहाँ," मैंने कहा और रिक्शे में बैठ गई। बाबा अब नहीं हैं, लेकिन उनके नाम को अब भी लोग जानते हैं। लंबी-चौड़ी क़द-काठी वाले हमारे दादाजी को लोग दूर से पहचान लेते थे। उनकी बुलंद आवाज़ पूरे बगिया में गूँजती थी। गाँव के पुराने लोग कहते हैं कि बाबा ने बचपन में आज़ादी की लड़ाई के दौरान अँग्रेज़ों के डंडे भी खाए थे। बाबा की वजह से हम बच्चों की भी बहुत धाक थी। मुझे तो लगा था कोई रिक्शेवाला मुझे भी पहचान लेगा, लेकिन इतने सालों बाद आई हूँ तो शायद कोई न भी पहचान पाए। बीस साल पहले हुई शादी के बाद मेरा यहाँ आना लगभग छूट गया है। मेरी शादी के बाद माँ-पापा भैया के पास दिल्ली चले गए, इसलिए जब भी मायके आई उन्हीं के पास आई। हाँ, लेकिन पैदा होने से शादी तक के इक्कीस साल जो यहाँ गुज़ारे उनकी कई सारी यादें हैं। एक पूरी ज़िंदगी जी है मैंने यहाँ। कई लोग हैं यहाँ के जिनसे आज भी उतनी ही जुड़ी हूँ जितनी बीस साल पहले थी। रज्जो का नाम भी उन्हीं में से एक है, जिसकी यादों की जड़ें मेरे दिल में सबसे ज़्यादा गहरी हैं।

अपनी शादी के बाद मैं दो ही बार यहाँ आई हूँ, एक बार अम्मा की ग़मी पर और दूसरी बार बाबा की ग़मी पर। इसके अलावा कभी कोई और कारण बन ही नहीं पाया यहाँ आने का। अब भी शायद नहीं आती अगर चचेरे भाई ने अपने बेटे की शादी में इतना ज़िद करके बुलाया न होता। वैसे सच कहूँ तो सालों बाद एक बार रज्जो से मिलने की इच्छा भी मन में थी, इसलिए बहाना पाकर खिंची चली आई।

रज्जो की याद आते ही उसकी अलग-अलग छवि आँखों में बनती है। कभी बेज़ार-से पुराने फ़र्नीचर की किसी कुर्सी की तरह अपने पैरों पर घिसटती दिखती है, तो कभी जवानी के दिनों की उसकी मंत्रमुग्ध कर देने वाली कत्थई आँखें पल भर में मुझे भूसे-सी पीली और फुसफुसी दिखने लगती हैं। कभी उसके हर अंग में नाप-तौल कर सेट किया हुआ माँसल शरीर

दिखता है जो किसी ज़माने में मोहल्ले की लड़कियों के लिए जलन का कारण होता था, तो कभी उसके बदन पर हड्डी और चमड़ी के बीच मुझे कुछ नहीं दिखता। सोचती हूँ, ये सब मेरी कल्पनाओं में है या वाक़ई उसके साथ ऐसा हुआ होगा। आज भी अपने घर की छत से उसके घर के बरामदे में झाँकने की कोशिश कर रही हूँ कि शायद वो कहीं दिख जाए जो सालों पहले मेरी और इस नापाक दुनिया की आँखों से ओझल हो गई थी।

रज्जो से मेरा रिश्ता यूँ तो सालों तक पड़ोसी का रहा, उम्र में वो मुझसे छह साल बड़ी भी थी, लेकिन फिर भी हम हमेशा सहेलियों–सी रहे। वो तो कहती थी कि उसने मुझे गोद में भी खिलाया है और मैंने कई बार उसकी गोद गंदी भी की, लेकिन मुझे रज्जो से जुड़ी कई यादों में से जो सबसे पहली याद है वो है, उसका खरबूजे के बीजों को घर के बाहर चबूतरे पर छीलते रहना और मुझसे उन्हें पिस्ता पंसारी की दुकान पर बेचने के लिए भिजवाना। इसके बदले में वो मुझे दो रुपए भी देती थी और थोड़े–से खरबूजे के छिले बीजे भी।

रज्जो के हक़ में मेरे पास बस वही एक मीठी याद है, क्योंकि मैं जब दस साल की थी तब रज्जो की शादी हो गई थी, उसके बाद कुछ मीठा रहा नहीं।

रज्जो हमारे पड़ोसी बुंदेला साब की लड़की थी। चार भाइयों की इकलौती बहन। दुधमुँही थी जब माँ चल बसी, तो भाइयों का भरपूर प्यार मिला। ख़ासकर बड़े भैया का।

"रज्जो, ये ले, तेरे जन्मदिन पर चार जोड़ी कपड़े तेरे लिए।" उसके हर जन्मदिन और रक्षाबंधन पर बड़े भैया हमारे घर से ही आवाज़ लगाते जाते थे, और हमें पता चल जाता था कि रज्जो के लिए नए कपड़े आ गए हैं। लेकिन रज्जो को मैंने उन नए कपड़ों के लिए कभी वैसे चहकते नहीं देखा था, जैसे हम लोग अपने कपड़ों के लिए चहका करते थे। वो हमेशा यही कहती, "ये क्या भैया, इस बार फिर एक ही कपड़े के चार सूट!" जब तक रज्जो अख़बार में लिपटे कपड़े देखकर शिक़ायत करती तब तक बड़े भैया जा चुके होते। अपनी उम्र और ऊँचाई में भी बहुत बड़े, बड़ी–बड़ी मूँछों वाले, आँखों में हमेशा रौब और माथे पर हमेशा शिकन रखे अपने बड़े भैया से कोई चीज़

ज़िद करके या चाहकर माँग पाने की हिम्मत रज्जो में कभी नहीं हुई। उसकी माँ होतीं तो शायद उनसे मनमर्ज़ी के कपड़े सिलवाती।

बड़े भैया जितना लाड़ उस पर दिखाते थे, उतना ही उनके ग़ुस्से से वह थर-थर काँपती थी। रज्जो और उनके बीच मतभेद के कारण तो बहुत थे, वे मोहल्ले के बच्चों के साथ कभी सड़क पर या बगिया में रज्जो को खेलने नहीं जाने देते, न छोटे भाइयों के दोस्तों के सामने उसे आने देते। और घर से बाहर कभी अकेले कहीं चली जाए, तो उनका बुलंद आवाज़ में दहाड़ना और आँखें लाल कर लेना ही रज्जो को कँपा देने के लिए काफ़ी होता था। रज्जो उनके सामने कभी कुछ बोल न पाती, बस चार शब्द, "अगर अम्मा होतीं तो..." "अम्मा होतीं तो का... ज़बान मत चला... मोड़ियों के-से ढंग सीख, कल को शादी होगी तो लोग यही कहेंगे कि बिन माँ की लड़की को तनक भी लच्छन नहीं सिखाए।" यही तकियाकलाम था बड़े भैया का। इसके आगे न वो कुछ कहते, न रज्जो को कुछ कहने देते।

उन दोनों के बीच की अनबन यूँ तो चलती ही रहती, लेकिन उस दिन तो सबकुछ बदल-सा गया था, जब मेरे और मोहल्ले की दूसरी लड़कियों के साथ रज्जो भी सड़क पर 'लंगड़ी' खेल रही थी। गाँव से बाहर गए बड़े भैया बताकर गए समय से पहले आ गए, "यहाँ क्या उछल-कूद कर रही है, चल घर, आज से शाम की भैंस तू ही दुहेगी।"

"मगर भैंसें तो हरिया दुहता है न..." रज्जो ने तबेले में बँधी भैसों की तरफ़ देखते हुए कहा तो बड़े भैया की जगह भाभी बोल पड़ीं, "अब मैं आ गई हूँ, और फिर तू भी तो है, हम दोनों औरतें मिलकर घर का काम संभाल लेंगे, नौकरों पर फ़िज़ूल ख़र्चा करने की का ज़रूरत।" उस दिन चौदह साल की, दो चोटी बनाए, साढ़े चार फ़ीट की रज्जो ने अपने माथे पर बड़ी लाल बिंदी लगाते हुए ख़ुद को पहली बार आईने में एक औरत के रूप में देखा था। शायद गाँव में यही उम्र होती है औरत बनने की, बड़ी भाभी भी तो 14 की ही थीं जब आईं थी। थोड़े दिनों में भाभी ने रज्जो के साथ पूरे घर के काम का बँटवारा कर लिया। भैंस भाभी दुहती तो गोबर रज्जो समेटती, कुएँ से पानी भाभी खींचती तो घर तक रज्जो लाती, आटा भाभी गूँधती तो रोटी रज्जो सेकती। सोलह साल की उम्र तक रज्जो 4 भाइयों, 2 भाभियों, 2 भतीजों

वाले बुंदेला जी के घर को बख़ूबी संभालने लगी थी।

शायद दो–चार साल और संभालती रहती, लेकिन जो अपने भाग्य में ही दुर्भाग्य लिखवाकर आया हो उसे कैसे रोका जा सकता है। उस दिन रज्जो हाँफती हुई मेरे पास आई और बोली, ''जा पिस्ता पंसारी की दुकान पर ये चिट्ठी दे आ।''

मैं हैरान थी और कुछ समझ नहीं पाई थी, लेकिन रज्जो ने कहा था तो देने जाना था, सो चली गई। उस रात उसके घर से मेरे आँगन तक आने वाली उसकी चीखों और रोने की आवाज़ों पर जब मैंने घबराते हुए माँ से पूछा था, तो उन्होंने कहा था, ''पिस्ता पंसारी के बेटे से चक्कर चल रहा है इसका, चार साल से चिट्ठियाँ बदली जा रही थीं, घरवालों को पता लग गया है सो सुताई लगा रहे हैं।'' उसके बड़े भैया का राक्षसी रूप ज़ेहन में आते ही रज्जो की चीखों से मैं सिहर उठी थी कि अगर सबको पता चल गया कि अनजाने में ही सही, खरबूजे के बीजों की वो थैली मैं ही पिस्ता पंसारी के बेटे तक पहुँचाती थी तो मेरी भी ख़ैर नहीं। उस दिन मैं ग्लानि से भर गई थी। लग रहा था कि रज्जो को पड़ने वाली मार की कहीं–न–कहीं मैं भी हक़दार हूँ। रज्जो की मोहब्बत का राज़ खुलने के बाद मोहल्ले के लोगों ने अपनी बेटियों को उससे दूर कर दिया और घरवालों ने उसे कमरे में बंद कर दिया। पिस्ता पंसारी के बेटे से ही शादी करना रज्जो की ज़िद थी, जिसे उतारने के लिए रोज़ रात को जब बड़े भैया घर आते तो रज्जो की चीखें और डंडे की मार हमारे आँगन तक सुनाई देती, ''बहुत गर्मी चढ़ी है तुझे... बहुत इश्क़ लड़ाना है... ऐसी गर्मी उतारूँगा कि सब भूल जाएगी।'' रज्जो के बड़े भैया की यह एक लाइन आज भी जब मेरे कानों में गूँजती है, तो मन काँप जाता है। कई दिनों तक बंद कमरे में ही थाली सरकाकर खाना देने और लात–घूँसों के बाद भी जब रज्जो की मोहब्बत कम न हुई तो बड़े भैया ने आख़िरी हथकंडा अपनाया, उसकी शादी का। माँ थी नहीं, पिता भी गुज़र चुके थे, अपनी नाक बचाने के लिए आनन–फानन में भाइयों ने पड़ोस के गाँव से एक अच्छी ज़मीन–जायदाद वाले घर का लड़का ढूँढ़ निकाला और चौमासा लगने से पहले ही शादी भी कर दी। उसके चले जाने पर सबसे ज़्यादा दुःख उस वक़्त मुझे हुआ था, इसलिए नहीं कि उसकी मोहब्बत उसे नहीं मिल पाई, बल्कि इसलिए कि

अब मुझे खरबूजे के छिले बीज और उनकी दलाली से मिलने वाले रुपए नहीं मिलेंगे, और इस बात का भी कि अब हमारे घर-घर खेलने वाले ग्रुप में लड़के की माँ का रोल कौन निभाएगा।

शादी के बाद भी रज्जो के मन में पिस्ता पंसारी के बेटे की मोहब्बत ज़िंदा थी या नहीं, उस वक़्त तो उसने नहीं बताया, लेकिन जब वो पहली बार मायके आई तो बहुत बुझी और मरी-मरी-सी दिखी। सबकी नज़रों से बचकर जब कुछ देर के लिए मैं उससे मिली थी, तो उसने बस इतना कहा था, "अम्मा होतीं तो ऐसा न हुआ होता न सिम्मी..." तब मुझे उसकी बातें समझ नहीं आई थीं।

मुझे बहुत ख़ुशी हुई थी जब शादी के सालभर बाद ही मायके आई रज्जो से मैंने पूछा था कि इस बार कितने दिनों के लिए आई है और उसने कहा था, "हमेशा के लिए।"

रज्जो शादी के एक साल में कभी अपने भाइयों को यह बता ही नहीं पाई कि ससुराल में ज़मीन-जायदाद भले अच्छी हो, लेकिन उसके पति की जुए की लत से उसे घर से फूटी कौड़ी नहीं मिलती और आए दिन रज्जो से पैसे तो कभी गहने छीनता उसका पति अपनी नई ब्याहता पर बिलकुल भी तरस नहीं खाता था। सबके सामने बात तब आई, जब एक रात उसका पति सारे गहने और रुपए लेकर भाग गया। कहाँ, किसके साथ, आज तक कोई नहीं जानता।

रज्जो के भाइयों ने पुलिस-कोर्ट-कचहरी के सारे हथकंडे अपनाए, लेकिन उसके पति का कहीं कुछ पता न चला। किसी ने कहा, कोई दूसरी औरत रख ली, किसी ने कहा, वह मर गया। ससुराल वालों ने भी कुछ ही दिनों में रज्जो का बोझ अपने माथे से उतार कर पल्ला झाड़ लिया। पल्ला तो भाभियाँ भी झाड़ना चाहती थीं, "यहाँ वापस लाकर अपने पैरों पर कुल्हाड़ी मारना है क्या, फिर से उस पिस्ता पंसारी के लड़के के साथ रंगरलियाँ मनवानी हैं तो लाकर बैठा लो अपनी छाती पे।"

भैया भी क़तई नहीं चाहते थे कि रज्जो वापस आए, लेकिन जब ससुराल वालों ने उसका बोरिया-बिस्तर बाँधकर वापस भिजवा दिया तो मजबूरन बड़े

भैया को अपना .फ़ैसला सुनाना पड़ा, "आग लगन दो इसकी ससुराल को, चार-चार भाई मिलके एक लड़की कौ पेट भी नहीं पाल पाएँगे क्या!"

उस दिन के बाद से रज्जो ख़ुद के लिए गले में मंगलसूत्र, माँग में सिंदूर, माथे पे बड़ी लाल बिंदी, लाल चूड़ियों और बिना पति वाली सुहागिन बन गई और दूसरों के लिए 'पति की छोड़ी हुई औरत'। बस इसी पहचान के साथ उसने फ़िर से घर संभाल लिया, और एक बार फिर घर में वही आवाज़ें गूँजने लगीं, "रज्जो, मैं बाजार जा रही हूँ, संजा को चूल्हा जला लेना", "रज्जो, मैं भजनों में जा रही हूँ, मुन्ना को संभाल लेना", "रज्जो, रोटी ठंडी है, मंझले भैया आते होंगे, खाना गरम कर दे"। ससुराल से हमेशा के लिए वापस आने के बाद भी रज्जो कभी मोहल्ले के बच्चों साथ खेलने नहीं आई। मेरा मिलना-जुलना तो उससे पहले से ही बंद था। ससुराल से वापस आने के बाद और ज़्यादा पाबंदी लग गई। पर चाहे प्यार हो या दोस्ती, जितना रोको उतना बढ़ती है। मैं और रज्जो भी फिर से छुप-छुपकर मिलने लगे, कभी मंदिर में तो कभी बगिया में।

कुछ ही महीने बीते थे उसे ससुराल से वापस आए, लेकिन उसके पिचके गाल और हड्डी से चिपकी हुई खाल के बीच जब माँस दिखने लगा तो उम्मीद जागी थी कि रज्जो की ज़िंदगी फिर से पहले जैसी न सही, पर ठीक तो हो जाएगी। लेकिन हमारे ज़माने में पति की छोड़ी हुई औरतों की दुर्दशा घर से ही शुरू होती है इसका एहसास मुझे उस दिन हुआ जब उसके छोटे भाई की शादी के एक दिन पहले मैं उसके घर गई। मेरा रज्जो से मिलना बंद था, लेकिन पड़ोसी होने के नाते वार-त्योहार पर एक-दूसरे के घर पारिवारिक आना-जाना था। शाम को उसके भाई की बरात दूसरे गाँव जानी थी, उसी के पहले घर में गीत थे, जिसमें मैं माँ के साथ गई थी और नज़र बचाकर रज्जो के कमरे में पहुँची तो वह किसी तैयारी में लगी थी।

"हम्म, जे बाली साड़ी का ब्लाउज, इसका पेटीकोट और इसका... अरे जे तो भूल ही गई," दिन भर सबके कामों को समिटवाती रज्जो को अपने लिए जब .फ़ुर्सत मिली, तभी अपनी अटैची बाँधने गई। अपनी किसी साड़ी के छूटे पेटीकोट को अलमारी में से उठाती रज्जो का चेहरा ख़ुशी से खिला हुआ था।

"क्या बात है एक दिन की बरात के लिए इतने कपड़े ?" मैंने उसे छेड़ते हुए कहा तो वह बोली थी, "हाँ तो क्या... मेरे भाई की शादी है... और तुझे पता है गाँव से पहली बार बरात में औरतें भी जा रही हैं।" उस दिन कई सालों बाद मैंने रज्जो को इतना ख़ुश देखा था। जब बरात वाली बस के हॉर्न की आवाज़ सुनी, तो रज्जो दौड़कर बाहर भागी थी। बस पर 'कमल संग छाया' के पीले पर्चे देखकर वो उस बच्चे-सी चहक उठी थी, जो घर के छज्जे से पिता को हाथ में पसंदीदा खिलौना लाते हुए देखकर चहकता है।

बस लगते ही घर के सारे मेहमान एक-एक करके बस में बैठते गए। रज्जो जब अपनी अटैची उठाए हुए बस के दरवाज़े पर पहुँची, मँझले भैया ने कहा, "तू रुक ज़रा, परे हो।" रज्जो भी ये सोचकर हट गई कि शायद भाभियाँ और वो किसी दूसरी जीप से जा रहे होंगे, क्योंकि अब तक भाभियाँ भी तो नहीं बैठी थीं। मगर थोड़ी देर बाद जब तीनों भाभियाँ भी बैठ गईं, तो रज्जो ने मँझले भैया से पूछ ही लिया, "और मैं... मैं नहीं जा रही हूँ क्या ?"

मँझले भैया ने नहीं में सिर हिलाया और जाने वालों की लिस्ट देखते हुए बस में चढ़ गए थे। मैं उस दिन अपनी छत से रज्जो के टूटते अरमानों को बिखरता हुआ देखती रही थी। चाहती थी कि जाकर उसे गले लगा लूँ और कहूँ कि तू परेशान मत हो, एक दिन सब ठीक हो जाएगा, लेकिन मैं कर कुछ नहीं पाई, सिवाय दर्शक बनकर अपनी सहेली का तमाशा बनते देखने के।

"कैसी बावली है, इसे भी ले जाएँगे, इसने सोच भी कैसे लिया!" बस चलने लगी तो किसी रिश्तेदारनी की आवाज़ खिड़की से आई थी।

उस दिन घर के चबूतरे पर, लाल-हरे रंग की साड़ी में सजी-धजी, हाथ में अटैची लिए खड़ी रज्जो गली के मोड़ पर आँखें टिकाए तब तक खड़ी रही, जब तक उसका ये वहम टूट नहीं गया कि उसे सच में उसी के छोटे भाई की बरात में नहीं ले जाया गया था। रज्जो ने अटैची ज़ोर से चबूतरे पर फेंक दी थी और वहीं बैठकर फूट-फूटकर रोने लगी थी। दो घंटे तक बेसुध-सी रोती रही थी वह और वहीं ज़मीन पर अटैची के टूटे कुंदे, बिखरी साड़ियों, टूटी चूड़ियों के साथ वह शाम रज्जो की उम्मीदों को साथ लेकर ढल गई। देर तक चाँद की मौजूदगी में उस रात सिर्फ़ मैं और रज्जो ही बचे थे। मैं अपनी छत से

रज्जो की बेज़ार हुई ख़्वाहिशों को देख रही थी। और रज्जो, उसे तो आँसुओं की धुंध में शायद कुछ भी नहीं दिख रहा होगा, सिवाय रेत-सी बिखरी अपनी ज़िंदगी के, जिसे उस रात के अँधेरे में पिस्ता पंसारी के लड़के ने समंदर की लहर बनकर ख़ुद में समेट लिया था। उस रात मैंने उस लड़के को रज्जो का आँचल समेटते हुए घर में ले जाते और घर के दरवाज़े बंद करते देखा था। उसके बाद उस दरवाज़े के पीछे क्या हुआ कोई नहीं जानता। वो दरवाज़ा बाद में खुला ज़रूर, लेकिन रज्जो उसमें से फिर कभी नहीं निकली।

प्लेट.फ़ार्म नंबर दो

सरकारी अस्पताल के वार्ड क्रमांक एक में पाँचवें नंबर के बेड पर आई मरीज़ की अम्मा ने बीती रात से दूसरे मरीज़ों के साथ-साथ डॉक्टर्स को भी परेशान कर रखा था। अपनी मुँहबोली बेटी इरम के लिए उसकी अम्मा रूबी की हाय-तौबा तब से शुरू हुई, जब कोई गाड़ीवाला इरम को अधमरी हालत में रूबी के दरवाज़े पर फेंक गया था। शाम का समय था, इसलिए 'रेड-लाइट एरिया' कहलाने वाली उस बस्ती में औरतें सज-धजकर सड़क पर निकलने लगी थीं। इरम को उस हालत में सबसे पहले रूबी की खोली में रहने वाली एक और लड़की पूजा ने देखा था। वही भागी-भागी आई, इरम को उठाकर खोली में अंदर ले गई। बस तभी से रूबी का छाती पीट-पीटकर जो रोना शुरू हुआ, वह अस्पताल तक नहीं रुका था। बेहोश पड़ी इरम के अलावा पूजा और बस्ती की दूसरी औरतें भी ये जानती थीं कि इरम की इस हालत की ज़िम्मेदार ख़ुद रूबी ही है।

ज़्यादा पैसों के लालच में पिछली रात जो रूबी ने इरम को एक साथ तीन आदमियों के हवाले किया था, उसका नतीजा अच्छा होगा, इसकी उम्मीद किसी को नहीं थी। बस्ती की गली के बाहर खड़ी उस जीप को, उसमें बैठे दारू की बोतलें हाथ में लिए तीन अधेड़ उम्र के आदमियों को और उनके चेहरे पर पसरी हवस को बस्ती की दूसरी औरतों ने न सिर्फ़ देखा था, बल्कि मन-ही-मन इरम से जली भी थीं कि साली एक रात में तिगुना कमा के लाएगी, हाड़ न पसली, हम भरे बदन के मर गए थे क्या..! लेकिन उन जीपवाले बाबू लोगों को वही सूखी हड्डी चाहिए थी। ''ताज़ा बकरी का गोश्त सभी पसंद करते हैं रे'', ''कमसिन का मज़ा कौन नहीं लेना चाहेगा'' जैसी बातें कल रात से बस्ती में हर उस ज़ुबान पर आती जा रही थीं, जिसे इस बारे में पता चलता जा रहा था। बस एक पूजा ही थी जिसे इरम का दर्द पता था, जो जानती थी कि इरम किस नरक को भोगेगी। धंधे में मजूबरन धकेली गई इरम को एक हफ़्ता ही हुआ था। उसका मन और शरीर दोनों इस हालत में नहीं थे कि वह तीन हवसियों की हवस एक रात में शांत कर पाए।

जब वे लोग इरम को रूबी की खोली के सामने पटककर गए, तब भी सिर्फ़ पूजा के ही दिल से सच्ची आह निकली थी। रूबी भी रोई, लेकिन सिर्फ़ इसलिए कि अब कुछ दिन उसका धंधा मंदा रहेगा, पुलिस केस का डर बना रहेगा सो अलग, जिससे निपटने के लिए दलालों को पैसा देना पड़ेगा, अस्पताल में झूठा नाटक करना पड़ेगा। ''करमजली ने एक रात में जितना कमाया उससे तिगुना तो अब इसके इलाज में लगाना पड़ेगा, तीन आदमी भी नहीं झेल पाई...।'' रूबी अस्पताल में इरम के बग़ल में बैठी, दलाल किशोरी के सामने अपनी क़िस्मत को कोस रही थी।

''ये तो अच्छा हुआ कि उन आदमियों ने इसे मारा भी, एक्सीडेंट का बहाना बनाने में आसानी हो गई, नहीं तो अभी रेप केस बनता,'' किशोरी बोला।

''रेप... डरा मत रे...'' रूबी ने पल्लू से ललाट पर आईं पसीने की बूँदें पोंछते हुए कहा।

''हाँ रेप... और उससे बड़ी मुसीबत अभी ये है कि होश आते ही ये मरी

किसी के सामने मुँह न खोल दे... सारे डॉक्टर ख़रीदे हुए थोड़ी है अपने... !'' किशोरी बोला तो रूबी उस दिन को कोसने लगी, जब वह बहला-फुसलाकर इरम को अपने साथ लाई थी।

शहर के मेन स्टेशन पर एसी वेटिंग रूम की गार्ड रूबी रात को धंधा करती है, यह बात न उसके मोहल्लेवालों को पता थी, न ही प्लेटफार्म पर काम करने वाले साथी कर्मचारियों को। किसी को ये भी कानों-कान ख़बर नहीं थी कि शहर की रेड-लाइट बस्ती में रूबी की भी एक खोली है। हाँ, लेकिन अनाथ रूबी ने शादी क्यों नहीं की और हर तीसरे दिन जो वह अपने मुँहबोले भाई के घर रात बिताने जाती है, ये बातें भी मोहल्ले में किसी को हज़म नहीं होती थीं। पीर गेट से इतवारी तक जाती तंग गलियों में जहाँ सिर्फ़ पान की पीक, और पेशाब की दुर्गंध महकती है, वहाँ एक अधकच्चे-से कमरे को किराए पर लेकर चार सालों से रूबी रह रही थी। मोहल्ला ग़रीब ज़रूर था, लेकिन इज़्ज़तदार लोगों का था, इसलिए रूबी ने मोहल्लेवालों को यही बताया था कि अनाथ है, शहर में नई-नई नौकरी लगी है, इसलिए यहाँ रहने आई है। पहले कहाँ थी, ये न किसी को पता था न किसी ने पूछा। ठरकी मकान मालिक की बदौलत ही रूबी को वह कमरा किराए पर मिला था। बदले में जब वह बाहरी कमरे में बनी अपनी रज़ाई-गद्दों की दुकान में किसी रज़ाई या गद्दे की डंडे से मरम्मत करते वक़्त रूबी को कनखियों से देखता, कुत्ते-सी लार टपकाता तो रूबी उसे डाँटती नहीं बल्कि मुस्करा देती। वह भी अकेला था, बीवी मर चुकी थी, लड़का शादी के बाद अलग हो गया था, इसलिए रूबी को उसमें सहारा दिखता।

रूबी जब इरम को लेकर उस घर में आई थी, तब सबसे ज़्यादा तकलीफ़ रूबी के मकान मालिक को ही हुई थी, जिसे रूबी ने यह कहकर तसल्ली दे दी थी कि उसी मुँहबोले भाई की बेटी है, जिससे वह अक्सर मिलने जाती है। भाई-भाभी बाहर गए हैं, इसलिए कुछ दिन वह यहीं रहेगी फिर चली जाएगी। जबकि इरम के ख़्याल में अब वह हमेशा वहीं रहने वाली थी, अपनी मुँहबोली माँ रूबी के साथ।

मेन स्टेशन के प्लेटफ़ॉर्म नंबर दो की पटरियों पर एक हमउम्र लड़के के साथ बैठकर काग़ज़ में लिपटे समोसे का बँटवारा कर रही थी इरम, जब रूबी

ने उसे पहली बार देखा था। तब उसकी उम्र होगी कुछ ग्यारह-बारह बरस, लेकिन क़द-काठी आठ-नौ बरस जितनी ही थी। महीनों से न धोए उसके सुनहरे बाल चिपककर लटों में तब्दील हो गए थे। लाल-पीले रंग की फ़्रिल वाली फ्रॉक जो उसने न जाने कितने दिनों से नहीं बदली होगी; जिसकी टूटी चेन से उसकी पीठ झाँक रही थी; घुटनों की तरफ़ से फ़्रिल फटकर पटरी पर फैली थी, पटरियों पर रहने वाले चूहे जिसे दो-तीन बार फाँदकर जा चुके थे।

रूबी कुछ और देर उसे देख पाती, उससे पहले ही एक पुलिस वाले ने डंडा दिखाकर इरम और उसके साथ वाले लड़के को वहाँ से भगाया, तो दोनों प्लेटफ़ॉर्म पर फुदककर चढ़े और प्लेटफ़ॉर्म नंबर 2 पर खड़ी ट्रेन में लटक गए। रूबी की नज़रें तब तक उसका पीछा करती रहीं थीं, जब तक वह डिब्बे के दरवाज़े से झूलती उसे दिखती रही। इरम के जाने के बाद जब उसका चेहरा दो-तीन बार रूबी के ज़ेहन में तस्वीरी रूप से सामने आया, तब उसे यह एहसास हुआ कि वह इरम का फटेहाल या लड़की होना नहीं था जिसने उसके मन को इरम की तरफ़ खींचा था, बल्कि उसकी बटन-सी चमकती बड़ी-बड़ी आँखें थीं, उसके चेहरे पर नाक के नीचे पसरी लंबी-सी हँसी थी जिसमें टूटे दाँतों की खिड़कियाँ बनी थीं। हर बात पर उसके चेहरे पर उभरे भावों में वो कशिश भरी मासूमियत थी जो उसे प्लेटफ़ॉर्म पर पलने वाले दूसरे बच्चों से अलग बनाती थी। उस दिन इरम रूबी को दोबारा तो नहीं दिखी, लेकिन उसने मन ही मन यह ठान लिया था कि अब उसके ग्राहकों के सामने अगली पेशकश वही होगी।

अगली सुबह रूबी उसे देखने की उम्मीद से आई, लेकिन सुबह से दोपहर तक इरम उसे नहीं दिखी। तब तक रूबी को उसका नाम भी नहीं पता था। इरम को देखने के बहाने रूबी ड्यूटी से उठकर एक-दो चक्कर प्लेटफ़ॉर्म के काट आई थी कि शायद कहीं दिख जाए, लेकिन वह नहीं दिखी। इंतज़ार करते हुए रूबी यहाँ-वहाँ आँखें तरेर ही रही थी कि बंबई से आने वाली ट्रेन से प्लेटफ़ॉर्म नंबर दो पर इरम फुदकी; संगाती लड़का उसके साथ नहीं था, वह अकेली थी। ट्रेन से उतरते ही उसने बिना वक़्त गँवाए प्लेटफ़ॉर्म पर बैठे लोगों से भीख माँगनी शुरू कर दी। उसे फिर से देख रूबी उसके पास गई

और 'सुन, इधर आ...' कहकर उसे अपने साथ ले आई। इरम ने 'क्यूँ, क्या, कहाँ' जैसा कोई सवाल किए बिना यूनिफ़ॉर्म वाली आसमानी साड़ी पहने रूबी के साथ आना मुनासिब समझा। इरम को लग रहा था कि प्लेटफ़ॉर्म पर भीख माँगने के लिए रूबी उसको डाँटने वाली है। रूबी का हाथ पकड़े इरम उन लोगों को देखते हुए चल रही थी, रूबी से पीछा छुड़ाने के बाद जिनसे उसे भीख मिलने की उम्मीद थी।

रूबी और इरम के मिलने की ये सच्ची कहानी सिर्फ़ रूबी, इरम और पूजा जानते थे। बाक़ी धंधे वाली बस्ती में जहाँ रूबी का पीर गेट के अलावा दूसरा ठिकाना था, वहाँ सबको रूबी और इरम के मिलने की दूसरी ही कहानी पता थी। रूबी जब भी किसी से बात करती, अपनी बातों में ये एहसान ज़रूर जताती थी कि कैसे दर्द से छटपटाती, ख़ून से सनी, महीने से पहली बार हुई इरम को उसने प्लेटफ़ॉर्म के आख़िरी छोर पर देखा था और अपना काम भूलकर वह भागती हुई उसके पास पहुँची थी। लोगों को यह तक यक़ीन था कि रूबी के पास अब भी वह साड़ी बतौर सबूत रखी है, जिसमें इरम के ख़ून के निशान हैं और मौक़ा मिलेगा तो वह ज़रूर सबको दिखाएगी।

एक और कहानी थी जिसे अक्सर रूबी दोहराती। और रूबी ही क्या, उसके साथ-साथ बस्ती में भी कोई कभी इरम के बारे में बात करता तो कहता, "प्लेटफ़ॉर्म पर रहकर कौन-सी उसकी ज़िंदगी संवर जाती!" इरम जब रूबी को मिली थी, उससे पहले भी रूबी ने इरम को प्लेटफ़ॉर्म नंबर दो पर देखा था, पुल के नीचे घुसी, अपनी ही चड्डी में हाथ डालकर उँगली सूँघते हुए... छिः वहाँ रहती तब भी यही करती, भीख माँगती सो अलग। यहाँ कम-से-कम दो वक़्त का खाना तो अच्छे से नसीब हो रहा है, तन ढकने के लिए पूरे कपड़े हैं, वह बात अलग है कि हर रात अजनबियों के सामने कपड़े उतरेंगे भी, लेकिन प्लेटफ़ॉर्म से तो अच्छी ही ज़िंदगी जिएगी।

इरम की ज़िंदगी की सच्चाई पूजा के अलावा बस्ती में कोई और नहीं जानता था। रूबी भी नहीं। पूजा से भी इरम अपनी बातें इसलिए कह पाई थी, क्योंकि पूजा और उसके हालात कुछ हद तक एक जैसे थे। पूजा को उसके बाप ने बेचा था और इरम को रूबी ने बिना किसी दाम के प्लेटफ़ॉर्म से ख़रीद लिया था। इरम की बाज़ार में पहली रात थी, जब वह पूजा के सामने टूटी

थी। पहले अपनी मुँहबोली माँ के, फिर अपने ग्राहक के सामने गिड़गिड़ाने के बाद भी जब उसकी मिन्नतें नहीं सुनी गईं, तो उसने ख़ुद को पत्थर बना दिया, एक ऐसा पत्थर जिसे न कपड़े उतरने का होश न पहनने का, न ही इस बात का कि उसके शरीर को नोचा, खरोंचा गया है, उसकी आबरू को बेचा गया है और उसकी क़िस्मत ने उसे इसी तरह हर रोज़ बिकने के लिए बाज़ार में ला खड़ा किया है।

दर्द से कराहती, लड़खड़ाती वह जब अपने दलाल के साथ रूबी की खोली में वापस लौटी। उसके शरीर पर कपड़े पूरे थे, फिर भी वह ख़ुद को नंगा महसूस कर रही थी। आँखें सूजी हुई थीं, हाथों पर जगह-जगह नाख़ूनों के निशान थे, निचला होंठ कटा हुआ था, छाती पर कपड़े की छुअन भी मुँह से आह निकाल देती थी। रूबी बस्ती की बाक़ी औरतों से अलग अपनी लड़कियों के लिए अमीर और पढ़े-लिखे ग्राहक ढूँढ़ती थी, इसलिए वह लड़कियाँ भी चुनकर, कमसिन लाती थी। लेकिन ये किसी रूल-बुक में नहीं लिखा था कि उसके अमीर, पढ़े-लिखे ग्राहक उसकी लड़कियों के साथ हैवानियत न बरतें। वे जो चाहे कर सकते थे, जिसके बदले वे रूबी को मुँहमाँगे दाम देते थे। खोली में घुसते ही इरम लड़खड़ाकर गिर पड़ती, अगर पूजा ने संभाला न होता।

पूजा के घुटनों में मुँह छुपाकर घंटों तक बिलखती रही थी इरम उस रात। अपने होने से न होने तक की दास्तान उसी रात पूजा के सामने रखी थी इरम ने। उस दिन को कोसती रही थी, जिस दिन वह अपना घर छोड़कर भागी थी। उसे लग रहा था कि इस तरह तिल-तिल मरने से तो बाप के हाथों एक बार में मर जाना बेहतर था।

इरम और उसकी बड़ी बहन के बाद उसकी माँ ने तीसरी बेटी को जन्म दिया था, जिसकी सज़ा में उसके बाबा ने माँ को बहुत मारा था, इतना कि वह उस मार को बर्दाश्त न कर पाई और दम तोड़ दिया। उस हाल की जन्मी बहन को दाई के हाथों न जाने कहाँ भिजवा दिया था इरम के बाबा ने। इरम बाबा से बहुत डरती थी, उसे लग रहा था कि माँ के बाद अब उसका और उसकी बड़ी बहन का नंबर है। बाबा उन्हें भी माँ की ही तरह मार डालेंगे। कमरे में बेजान पड़ी माँ को देखकर वह इतना डर गई कि घर छोड़कर भाग गई। उस वक़्त

इरम आठ वर्ष की थी। गाँव से जो पहली ट्रेन मिली, उसी में चढ़ गई। उसके बाबा ने भी उसे कभी ढूँढ़ने की कोशिश नहीं की थी, उसके लिए तो अच्छा ही हुआ था, परिवार का एक बोझ अपने आप उतरकर भाग गया था।

"अरे उठ... कहाँ जाना है ?" ट्रेन में रात को जब बाथरूम के पास सोता हुआ देख टीसी ने लात मारकर उसे उठाया, तो "अगले स्टेशन तक साब" कहकर वह दरवाज़े पर चली गई। उसे ख़ुद नहीं पता था कि कहाँ जाना है, बस इतना पता था कि वापस घर नहीं जाना है। ट्रेन की सवारी ने इरम को पहली बार अपने गाँव के बाहर की दुनिया दिखाई थी। कभी-कभी झाँककर ट्रेन के अंदर देखती, तो तरह-तरह के लोग दिखते, कुछ ताश खेलते, कुछ बातें करते, कुछ सोते।

खाने-पीने-रहने का होश उसे तब तक नहीं हुआ था, जब तक माँ की मौत का सदमा और बाप की मार का डर उसके मन से नहीं उतरा। जब तेज़ भूख ने पेट में मरोड़ें पैदा कीं, तो उसे इतनी उम्मीद हुई कि दिनभर घूरे पर कचरा बीनकर जिस तरह वह गाँव में पैसे जोड़ती थी, वैसे ही घर से भागकर भी कुछ-न-कुछ करके अपने खाने का इंतजाम कर लेगी।

लेकिन जब भूख लगती है, तो कुछ कमाकर खा लेने तक का इंतज़ार कर पाना मुश्किल लगता है, ख़ासकर तब जब कई दिनों से भूखे हों। इरम ने भी ट्रेनों में चढ़ते-उतरते तीन दिन गुज़ार दिए थे, खाने को कुछ नहीं मिल पाया था। पास से गुज़रते खाना बेचते आदमियों को आता-जाता देखती, लेकिन किसी से कुछ माँगने की हिम्मत नहीं कर पाती। तीसरे दिन उसने देखा कि ट्रेन के जिस डिब्बे में वह चढ़ी, उसी के दूसरे छोर से एक हमउम्र लड़का, फटेहाल-सा, हाथ में एक कपड़ा लिए ट्रेन का फर्श साफ़ कर रहा था और बदले में कुछ लोग दया करके उसके हाथ पर पैसे रख देते थे।

भूख बहुत तेज़ लगी थी, इसलिए इरम ने भी उसकी देखा-देखी अपनी फ्रॉक उतारकर ट्रेन का फ़र्श साफ़ करना शुरू कर दिया। भूख से उठने वाली तड़प ने उसे इस ख़्याल से परे कर दिया था कि दूसरी तरफ़ जो फर्श साफ़ कर रहा था वह लड़का था, उसके शर्ट उतारने से कोई फ़र्क़ नहीं पड़ेगा, लेकिन वह लड़की थी, उसकी फ्रॉक उतारने से बदन पर सिर्फ़ चड्डी रह जाएगी और

छोटी-छोटी छातियाँ बेआबरू हो जाएँगी। उस वक़्त सिर्फ़ बदले में मिलने वाले पैसों का ख़्याल था, जो उसकी भूख मिटाने वाले थे।

"आगे जाओ आगे..."

"कपड़े भी नहीं बेचारों के पास..."

"पढ़ने-लिखने की उम्र में बेचारे भीख माँगते हैं..."

"पैसा नहीं दूँगी, कुछ खाना हो तो बोल?"

अलग-अलग लोगों से मिले अलग-अलग जवाबों के साथ कुछ ही देर में इरम ने 10 रूपए, दो पराठे, एक बिस्कुट का पैकेट और थोड़ी-सी आलू की सूखी-सब्ज़ी जोड़ ली थी। फिर वापस वहीं वॉशबेसिन के पास जाकर बैठकर खाने ही लगी थी कि दूसरी तरफ़ वाला लड़का भी उसके पास आ गया, जिसने अपनी सीमा में घुसे दूसरे भिखारी यानी इरम से एक पराठा और थोड़े पैसे ऐंठ लिए, साथ ही अगले स्टेशन पर उतरकर साथ चलने को कहा।

उस दिन पहली बार इरम को रेलवे स्टेशनों पर रहने वाले छोटे-छोटे माफ़ियाओं की असलियत पता लगी थी। साथ ही यह भी पता चला था कि प्लेटफॉर्म भी भाड़े पर मिलता है। सबके हिस्से बंटे हैं, किसी ने किसी के हिस्से में घुसपैठ की तो वही हश्र होगा जो हिंदुस्तान, पाकिस्तान के साथ करता है। या तो मार दिए जाओगे या खदेड़कर हमेशा के लिए भगा दिए जाओगे।

कुछ ही दिनों में सब सीख लिया था इरम ने। अपनी ही फ्रॉक से ट्रेन के डिब्बों में पोंछा लगाकर भीख माँगना, चलती ट्रेन में भागकर चढ़ना, पटरी क्रॉस करना, भीख माँगते वक़्त लोगों की दुत्कार सहना, उनके मना करने पर भी उनके आगे हाथ-पैर जोड़कर उनसे एक का सिक्का निकलवाना, रात के वक़्त प्लेटफॉर्म पर लौटना, प्लेटफॉर्म पर उसके बॉस को अपने कमाए रुपयों का एक हिस्सा देना, रेलवे पुलिस वालों से बचना, कभी पकड़े जाने पर मार खाना और उन्हें 10 रुपए पकड़ाकर भाग निकलना। इरम को जो सबसे ज़्यादा पसंद था, वह था कपड़ों की सुगंध लेना, उन कपड़ों की जो उसके बॉस ट्यूब वाली दवाई से सानकर उसे देते थे।

उस नशे के आने के बाद इरम की ज़िंदगी में सबकुछ ठीक हो गया, माँ की याद, बाबा की मार सब उस नशे के नीचे परत-दर-परत दबते चले गए। प्लेटफ़ॉर्म नंबर दो उसका नया घर था, जिसकी आज़ाद ज़िंदगी उसे भाने लगी थी। बॉस से पड़ने वाली मार बाबा की मार के आगे फीकी थी, जिसे इरम चाय में पड़ी कम चीनी की तरह एक घूँट में पी जाती थी। तरह-तरह के शहरों में जाना, ट्रेन में घूमना; यह सब उसके लिए गाँव की बदबूदार झोपड़ी से, जो बारिश के दिनों में तालाब और सर्दी के दिनों में बरफ़ का पहाड़ बन जाती थी, अच्छा था। अतीत को उसके आज ने ढक दिया था, लेकिन एक खौफ़नाक मुस्तक़बिल उसके सामने हाथ पसारे खड़ा था, रूबी की नज़र एक बाज़ की तरह इरम पर टिकी थी।

यह सच था कि इरम जब पहली बार महीने से हुई, उसी हालत में वह रूबी के साथ आई थी। लेकिन जिस वक़्त वह रूबी के साथ आई थी, उसके साथ अच्छे मोहल्लेवाले घर में उसके भाई की बेटी बनकर वहाँ रही थी, तब ख़ुद इरम को भी नहीं पता था कि उसके साथ क्या होने वाला है। रूबी से होने वाली दोस्ती के दिनों में इरम को रूबी से कोई ख़ास लगाव नहीं था। इरम के लिए रूबी से उसका रिश्ता उस भूख तक सीमित था, जिसे रूबी अपने टिफ़िन से पूरा करती थी। इरम को लोभ देने के लिए रूबी रोज़ उसके लिए खाना लाती थी। वेटिंग रूम में आती-जाती औरतों की एंट्री, उन्हें सजते-सँवरते देखने और वेटिंग रूम का ख़्याल रखने के अलावा रूबी के पास इफ़रात समय बचता था यह सोचने के लिए कि वह इरम को अपने साथ जाने के लिए और प्लेटफ़ॉर्म नंबर दो से एक बच्चा ग़ायब हो गया ये ख़बर छुपाने के लिए, ऐसा क्या करे कि साँप भी मर जाए और लाठी भी न टूटे। इसी साँप को मारने की शुरुआत रूबी ने उस टिफ़िन से की थी, जो वह इरम के लिए लाया करती थी। लेकिन इरम, वह तो आती थी, खाती थी और नटखट आँखें मटकाती चली जाती थी, जैसे कह रही हो कि तुम कितना भी खाना दे दो, मैं प्लेटफ़ॉर्म की आज़ाद ज़िंदगी, भीख माँगने जैसा आज़ाद काम कभी नहीं छोड़ूँगी। रूबी के इरादों से अनजान इरम उसके चंगुल में फँसती चली गई और अब उस हाल में जा पहुँची, जहाँ से वह कभी वापस नहीं आ सकती।

"पता नहीं ये आफ़त कब पीछा छोड़ेगी," बड़बड़ाती हुई रूबी खोली में

घुसी तो पैर घुटने तक डूब गए, ''ओफ्फो, अब ये क्या मुसीबत है!'' उसने साड़ी घुटनों पर लपेटते हुए कहा।

''तुम तो अस्पताल में थीं, सुबह बाथरूम का नल टूट गया था,'' मग्गे से बाल्टी में पानी समेटती पूजा ने कहा।

''अच्छा, अब जल्दी से पानी समेट, फिर हस्पताल चली जा,'' रूबी ने कहा, ''और इरम के लिए कुछ खाने भी ले जाना है।''

''हम्म..'' कपड़े से ज़मीन पोंछते हुए पूजा बोली।

''जल्दी जाना, किशोरी अकेला है अभी वहाँ,'' रूबी ने कहा, फिर पूजा का हाथ मरोड़ते हुए बोली, ''और सुन, कोई होशियारी दिखाने की कोशिश की तो समझ लेना, पिछली बार की मार याद है न... किशोरी वहीं आस-पास रहेगा।''

पूजा ने पिछली बार जब भागने की कोशिश की थी, तो किशोरी ने उसे मार-मारकर अधमरा कर दिया था। अपने पुराने ज़ख्मों के निशान सहलाती पूजा एक थैली में इरम के लिए खाना बाँधकर अस्पताल पहुँच गई। उसे देखते ही किशोरी ने उसका कंधा दबाते हुए आँखें दिखाईं, फिर मुस्कराता हुआ बाहर निकल गया।

पूजा इरम के पैरों के पास पलंग पर बैठ गई। इरम बेहोश थी, कुछ दर्द से कुछ दवाइयों से। उसके हाथ, माथे व पैरों पर पट्टी बँधी थी। चेहरे के घावों पर कोई पट्टी नहीं थी, जिनकी चीख आसानी से पूजा को सुनाई दे रही थी। उसे वे चीखें और पुकारें भी सुनाई दे रही थीं, जो इरम ने उन हैवानों के सामने रहम की भीख माँगते वक़्त लगाई होंगी। लगाई भी होंगी या पत्थर बनकर ख़ुद को उनके हवाले कर दिया होगा। पूजा की आँखों में न आँसू ठहर रहे थे और न ही मन में भाग जाने के ख़्याल। वह जानती थी कि वहाँ से भागना आसान नहीं होगा। किशोरी ने जिस नर्स को पैसे खिलाकर ख़रीदा है, वह हर पाँचवें मिनट में उन पर नज़र टिकाने आ रही थी। किशोरी ख़ुद भी अस्पताल की लॉबी में भटक रहा था। उसे बेसब्री से इरम के होश में आने का इंतज़ार था, ताकि उसे डरा सके, मुँह न खोलने के लिए धमका सके, उसके हाथ कितने लंबे हैं; ये बता सके कि इरम उससे बचकर कहीं

नहीं जा सकेगी।

जानती तो यह सब इरम भी थी। पुलिस वालों से मदद माँगने की अपनी कोशिश की दास्ताँ उसे पूजा सुना चुकी थी, जब पुलिस वालों ने नंगे सवाल पूछकर पहले उसे बेइज़्ज़त किया, फिर ख़ुद रूबी के सामने छोड़ आए थे, यह कहकर कि आगे से ध्यान रखना... बाग़ियों के हाथ काटने में ही भलाई है।

''पूजा,'' होश में आते ही इरम ने पूजा को पास बैठे देखा, तो हिम्मत करके उसका नाम मुँह से निकाला। चीकू की बासी फाँक जैसे उसके स्याह होंठों पर पपड़ियाँ जमी हुई थीं। वो घबराकर उठी और पूजा की आँखों में अपनी फक्क पड़ चुकी आँखें गड़ाकर, बोली, ''अजान हुई तो होश आया कि ज़िंदा हूँ मैं, अपनी ही मौत का सपना इतना हक़ीक़त हो सकता है क्या? कहते हैं खुली आँखों से सपने नहीं देखे जाते, फिर अभी जो देखा वो क्या था? ये कैसी लाल शाम दिख रही है खिड़की से... ये काली क्यों नहीं होती, इसका लालपन जैसे चुभता हो, जैसे कहता है कि तेरी ज़िंदगी, मैं इस शाम-सी लाल कर दूँगा, जिसमें न पूरी तरह सुकून का नीलापन होगा और न पूरी तरह बुझी हुई काली रात आएगी। तुझे यूँ ही रहना होगा ताउम्र, इन भीगी लाल आँखों के साथ। वो मुस्कुरा रहा था और मैं भी, क्योंकि मुझे उसके पीछे फैलता कालापन नज़र आने लगा था, मुझे हराने की चाहत में वो अपने अस्तित्व को बचाना भूल गया। वो कल शायद फिर आए, इन्हीं मंसूबों के साथ मगर कल मैं उसे फिर हरा दूँगी, और फिर पसरेगी लाल शाम के बाद काली रात... है न पूजा... बोलो न... जिस रात हम बिकेंगे नहीं, सिर्फ़ सुकून से सो सकेंगे वो रात आएगी ना?''

इरम को होश में आते और बात करते देख पूजा घबरा गई। इरम के होश में आने के बाद की ख़ौफ़नाक हक़ीक़त का एहसास हुआ, तो उसने तुरंत इरम को 'श्ह्हह्ह' कहकर मुँह पर उँगली का इशारा किया। उसे एक तरफ़ नर्स और दूसरी तरफ़ किशोरी, दोनों से जितना हो सके उतनी देर तक इरम के होश में आने की बात छुपानी थी। इरम पूजा का इशारा समझकर चुपचाप लेट गई। नर्स के पाँच मिनट पूरे हो चुके थे, वह दुबारा आई और इरम को बेहोश देखकर वापस चली गई।

पूजा को इसी मौक़े का इंतज़ार था।

‘‘ये दवा पी लो इरम, इससे बहुत जल्द तुम्हें तकलीफ़ से छुटकारा मिल जाएगा,’’ पूजा ने एक काँच की शीशी इरम के मुँह से लगाते हुए कहा।

‘‘तू रो मत, मैं जल्दी ठीक हो जाऊँगी,’’ इरम ने पूजा की आँखों में देखते हुए कहा, जिनमें आँसुओं का सैलाब उमड़ा था।

दवाई पीते ही वह फिर आँखें बंद करके लेट गई। उसके लेटते ही पूजा ने भी उस शीशी की बाक़ी दवाई पी और इरम के बग़ल में लेट गई।

अगले पाँच मिनट पूरे होते ही जब नर्स देखने आई, तो दोनों हमेशा के लिए सो चुकी थीं।

रूम नंबर 'फ़िफ़्टी'

कमरे में कोई और नहीं है सिवाय एक फ़ोन के, जिससे मैं नज़रें चुरा रही हूँ। काम करने के बहाने जितनी बार भी कमरे में आई, टेबल पर रखा मेरा फ़ोन मुझे घूरता मिला, जैसे कह रहा हो, 'या तो मेरा इस्तेमाल करके उसे फ़ोन लगा दो या फिर मुझे बंद करके कहीं कोने में छुपा दो।' मैं भी तो यही चाहती हूँ, लेकिन कर नहीं पा रही हूँ। बस फ़ोन पर कही उसकी बातें रील की तरह मेरे ज़ेहन में घूम रही हैं, "कैसी हो अरीन... मैं याद हूँ या भूल गईं... ? मैंने हाल ही में यहाँ नई जॉब ज्वाइन की है... मुरार में ऑफ़िस है...। तीन दिन से किराए पर कमरा ढूँढ़ रही हूँ... मिल नहीं रहा.. फिर याद आया कि तुम भी यहीं हो। बहुत हिम्मत करके तुम्हें फ़ोन किया.. अगर कुछ दिनों के लिए तुम्हारे घर रह पाऊँ तो..." कहते-कहते उसकी आवाज़ का झिझकना, शब्दों का टूट जाना, न कहते हुए भी कितना कुछ कह गया। सालों बाद आज उसकी आवाज़ ने, उसे फिर से मेरे ज़ेहन में ज़िंदा कर दिया है। मैं तो जैसे उसे, उन

सब बातों को भूल-सी गई थी, लेकिन वह, वह मुझे नहीं भूली। उसे मैं याद हूँ। हमारी दोस्ती याद है। उसने आज तक मेरा नंबर अपने पास रखा है। वैसे इतने सालों में न मेरा नंबर बदला न घर का पता, इसलिए ये महज़ इत्तेफ़ाक ही है कि आज हमारी बात हो पाई, और ये भी कि उसका ऑफ़िस मेरे घर के पास है। फिर जब से ये शहर स्टूडेंट-हब बना है, यहाँ अकेली लड़कियों के लिए कमरा मिलना कितना मुश्किल हो गया। ऐसे में अगर वह मेरे घर में किराए से रहना चाहती है तो बुराई क्या है ? बुराई तो तब भी कुछ नहीं थी, मैं ही बस सोसाइटी और पति के बनाए खोखले ढाँचे से बाहर नहीं निकल पाई थी और एक ख़ुशगवार दोस्ती से मुँह मोड़ लिया था।

उस दोस्ती की ज़ात आज सालों बाद दबी हुई चोट के मीठे दर्द की तरह उभरी है, जो अब तक मन की परतों के नीचे घुट-घुटकर साँसें ले रही थी। बहुत देर की कशमकश के बाद मैं अपना फ़ोन लेकर सोफ़े में धँस गई हूँ। अब जानना चाहती हूँ, फ़ोन करके उससे सब पूछना चाहती हूँ कि इतने सालों में उसने क्या किया, कैसे इस गँवार दुनिया में अपनी अलग तरह की मोहब्बत को ज़िंदा रख पाई, रख भी पाई या शादी कर ली, किसी लड़के से या....... अगला शब्द मन में आते ही मेरे हाथों के बाल उसी तरह खड़े हो गए हैं, जैसे सालों पहले इस बात की भनक पड़ने पर हुए थे।

"इन नल लाह मास सबेरीन," सब्र की दुआ में मैंने अल्लाह को याद किया, लेकिन फिर भी मन को सब्र-ओ-सुकून नहीं है। मन तो भाग रहा है, उस हॉस्टल की तरफ़, उस छत के, उस कमरे की तरफ़, शैली की तरफ़, सात साल पहले पीछे छूटी उस ज़िंदगी की तरफ़।

वह हॉस्टल में मेरा पहला दिन था, जब मैं वेटिंग हॉल में वार्डन के सामने खड़े होकर अपने लिए किसी रूम के अलॉट होने का इंतज़ार कर रही थी। एक महीने लेट एडमिशन की वजह से सारे कमरे लगभग भर गए थे। शहर यूनिवर्सिटी से बहुत दूर होने की वजह से कहीं और जा भी नहीं सकती थी। रूम्स की लिस्ट पर वार्डन के साथ-साथ घूमती मेरी नज़रों ने जब रूम नंबर फ़िफ़्टी के आगे 'टू-शीटर' लिखा देखा तो फ़ौरन वार्डन से वही रूम माँगा था, लेकिन वार्डन ने ये कहकर मना कर दिया कि तुम वहाँ नहीं रह पाओगी, रूम नंबर 51 में अपना सामान रख लो।

एक टू-शीटर रूम ख़ाली होते हुए भी मुझे फ़ोर शीटर में पटकने के लिए मैं वार्डन को तब तक कोसती रही थी, जब तक मेरी नई बनी रूममेट निधि ने मुझे रूम नंबर फ़िफ़्टी का राज़ नहीं बताया था। उस दिन वो राज़ सुनकर न सिर्फ़ मेरे रोंगटे खड़े हो गए थे, बल्कि चौंकते हुए मेरी ज़ुबान से निकला था, ''क्या वाक़ई?''

''हाँ, कहते तो सभी यही हैं कि वो लेस्बियन है, बाक़ी ट्राई अभी तक किसी ने नहीं किया,'' ठिलठिलाकर हँसते हुए निधि ने जब मुझे बताया, तो मैंने वार्डन और अल्लाह दोनों को शुक्रिया कहा था कि एक आफ़त से बचा लिया। उसके बाद रूम नंबर फ़िफ़्टी में रहने की ख़्वाहिश तो मेरी नहीं रही, लेकिन उस लड़की को देखने की ख़्वाहिश ज़रूर सर चढ़ने लगी। मैं देखना चाहती थी- ''इस शौक़ को पालने वाली लड़कियाँ दिखने में नॉर्मल ही होती हैं या आम लड़कियों से अलग। क्या कुछ अलग होता होगा उनके शरीर में, जिससे उनकी अलग पहचान होती है। क्या वो किसी अलग रंग-रूप की होती हैं या उनकी कमर सीधी, बिना किसी लचक के होती है या उनका सीना गोल न होकर चपटा या किसी और आकार का होता है, और कमर के नीचे...'' जब मेरे ख़्याल उसकी कमर के नीचे तक पहुँचे, तो मैंने उन्हें ''छि:छि: अस्तघ फिरुल्लाह'' कहकर दुत्कार दिया था। बहुत से ज़ेहनी शैतानों को सुलाने के बाद आख़िर में मैं बस एक बार, क़रीब से, रूम नंबर फ़िफ़्टी वाली लड़की को देखना चाहती थी।

ज़िंदगी में पहली बार घर से और अपने माँ-बाबा से दूर हॉस्टल पढ़ने गई थी। ग्रेजुएशन कर लिया था, लेकिन अपने हिज़ाब के बाहर की दुनिया, समाज, फ़ैशन, नए ज़माने की बातें और तौर-तरीक़ों से बिलकुल अनजान थी। ऐसा नहीं था कि मुझे मनाही थी, बस मेरी फ़ितरत ने मुझे कभी किताबों और क़ुरान के बाहर झाँकने ही नहीं दिया। घर में रहकर भी कभी अख़बार या समाचार सुना-पढ़ा नहीं। मेरे मंगेतर जुनैद की ज़िद न होती, तो शायद मैं कभी घर से बाहर पढ़ने भी न जाती। वो चाहता था कि मैं शादी से पहले अपनी मर्ज़ी जितना पढ़ लूँ, मगर हॉस्टल जाने से पहले मुझे भोली, बुद्धू और दीन-दुनिया की तरफ़ नासमझ देखकर उसने मुझे इस हिदायत के साथ पढ़ने भेजा था कि हॉस्टल में सिर्फ़ पढ़ने में मन लगाना, हॉस्टल की लड़कियाँ

अच्छी नहीं होतीं, फ़िज़ूल आज़ाद होती हैं, उनसे ज़रा बचके रहना। मैं भी तो यही चाहती थी, मुझे क्या पता था कि हॉस्टल के पहले ही दिन मुझे वो मसला इतने क़रीब से जानने को मिलेगा, जिसके बारे में मैंने गाहे-बगाहे लड़कियों की ख़ुसर-पुसर में यहाँ-वहाँ सुन रखा था।

हॉस्टल के शुरुआती हफ़्तों में मुझे रूम नंबर 50 वाली लड़की से मिलने का मौक़ा नसीब नहीं हुआ था। क्लासेज़ का टाइम अलग-अलग होने की वजह से जब मैं हॉस्टल में होती तब वह नहीं होती और जब वह हॉस्टल में होती तब मैं नहीं होती। जूनियर थी वह मेरी। बस एक मेस ही ऐसी थी, जहाँ उसके दिख पाने की उम्मीद थी, लेकिन वहाँ भी उसकी कोई ख़बर नहीं लगती। मुझे लगा शायद खाती-पीती न हो या उसके अजीब शौक़ की तरह उसका खाना भी हमसे अलग हो। तब तक मुझे उसका नाम भी नहीं पता था, जो मैंने एक रात छत पर टहलते वक़्त निधि से पूछ लिया, ''यार उसका कोई नाम नहीं है क्या? सब लोग उसे मिस एल क्यों कहते हैं?''

''तुम डम्बो ही रहोगी... अरे, एल मतलब लेस्बियन! वैसे उसका नाम शैली है।'' निधि ने कहा था, फिर मैंने झिझकते हुए, इतनी धीमी आवाज़ में पूछा था कि मेरे कान भी न सुन लें, ''किसी ने उसे कभी कुछ करते हुए देखा है क्या, पता कैसे चला कि वो लेस.. आई मीन मिस एल है?''

''अपने मुँह से लेस्बियन बोल दोगी तो नापाक नहीं हो जाओगी,'' निधि ने मेरी झिझक की खिल्ली उड़ाते हुए कहा था। फिर बोली थी कि उसने भी बस सुना ही है, बात की सच्चाई का किसी के पास कोई सबूत नहीं। मैं निधि से कोई और सवाल पूछती, उससे पहले ही किसी को दिखाते हुए वह बोली थी, ''लो देख लो, वो रही... आज क़िस्मत चमक गई तुम्हारी, एक लेस्बियन को देख लिया तुमने!''

''श्श्श्श, पागल हो तुम... उसने सुन लिया तो...'' मैंने डरते हुए कहा था। मैं शैली को इस बात की भनक नहीं लगने देना चाहती थी कि हॉस्टल की दूसरी लड़कियों की तरह मैंने भी उसे एक हॉट-गॉसिप का सब्जेक्ट बना दिया है।

उस दिन जब तक शैली दिखती रही, तब तक मैं उसे कनखियों से देखती

रही, यह पहचानने की कोशिश करती रही कि उसमें और मुझमें अलग क्या है, आख़िर दोनों हैं तो लड़कियाँ। मैंने कई बार अपने शरीर को, अपने अंगों को देखा, गिना और उन्हें शैली के शरीर से मिलाने की कोशिश की, पर कुछ भी अलग-सा दिखा नहीं। शायद रात का अँधेरा था या मुझे यह यक़ीन नहीं हो रहा था कि वह सामान्य लड़कियों की तरह ही है। मैंने उसमें कुछ और ढूँढ़ने के लिए उसे अगले दिन पर टाल दिया। पर उस रात, उस रात मैं देर तक अपने बिस्तर पर लेटी यही सोचती रही थी कि वो मिस एल कितनी सुंदर है, फ़ुर्सत में बनाई हुई तस्वीर की तरह, जिसमें पेंटर हर चीज़ को चुन-चुनकर बनाता है। बिना काजल के कजरारी दिखने वाली उसकी आँखों के कोने उसकी भौंह तक लंबे हैं और उसकी नाक की फिसलन सीधी उसके होंठों के बीच में मिलती है, जैसे स्केल से लाइन खींची हो। उसके कान के आगे गालों पर बिछी महीन बालों की परत उसकी सफ़ेद खाल पर सुनहरे मख़मल-सी है। इन सब के बाद भी मुझे उस ख़ूबसूरती का होना एक झूठ लगा। जिसकी तारीफ़ों के कसीदे कोई मर्द न पढ़ पाए, उस हुस्न का मतलब ही क्या?

ऐसी कौन-सी तकलीफ़ है, ऐसा कौन-सा गुनाह है जिसकी सज़ा वो ख़ुद को लेस्बियन बनाकर दे रही है! ऐसा क्या हुआ होगा उसके साथ, जिसने उसे ऐसा बनने पर मजबूर कर दिया! वो लड़कियाँ मर्दों की तरफ़ से कितनी तनहा और रुसवा होती होंगी, जो लड़कियों में दिलचस्पी रखने लगती हैं। शायद अपने आस-पास के मर्दों का कोई ऐसा रूप उन्हें इतना तकलीफ़देह लगने लगता होगा कि उनके हिस्से का प्यार, जज़्बात भी वो औरतों में ढूँढ़ने लगती हैं। ऐसी ही कोई वजह शैली के साथ भी होगी।

जैसे-जैसे मैं शैली को जानने लगी, उससे एक जुड़ाव और सहानुभूति महसूस करने लगी थी। मैं रोज़ उस रूठी हुई वजह को जानने की कोशिश करती, जिसे मनाकर मैं शैली से उसका पीछा छुड़ा पाऊँ और उसे सही रास्ते पर ले आऊँ। लेकिन कभी शैली से बात करने की हिम्मत नहीं कर पाई। शैली के बारे में इतनी सब बातें सुनने के बाद, वो मुझे रात के अँधेरे में खड़ी उस लड़की की तरह दिखने लगी, जिसकी परछाईं उसके असल से ज़्यादा बड़ी और डरावने प्रेत-सी दिखाई देती है। मन ही मन मैं यही दुआ करती कि किसी दिन कोई तेज़ रोशनी शैली पर पड़े जिससे बड़ी झूठी परछाईं हट जाए और

मैं एक मासूम-सी ख़ूबसूरत शैली को देख पाऊँ। उसी एक तेज़ रोशनी की उम्मीद में, मैं हर रोज़, उसी वक़्त छत पर जाने लगी जिस वक़्त शैली वहाँ होती। कुछ दिन बर्बाद करने के बाद भी जो शुरुआत मैं नहीं कर पाई, वो एक दिन शैली ने कर दी।

"तुम्हें मुझसे कोई बात करनी है क्या?" शैली ने मेरे पास आकर कहा, तो मैं सकपका गई थी, "नहीं... तुम्हें ऐसा क्यों लगा?" मेरे मुँह से निकला था।

"तुम अक्सर मुझे देखती रहती हो... इसलिए लगा।" शैली ने कहा, तो मैंने झेंपकर अपनी नज़रें झुका लीं, देखती तो थी मैं छुप-छुपकर, कनखियों से।

"नहीं... वो... मैं तो बस ये जानना चाह रही थी कि..." इतना कहकर मैं रुक गई, फिर जो मैं आगे नहीं बोल पाई थी उसे शैली ने बेझिझक कह दिया था, "क्या... कि मैं लेस्बियन हूँ?"

उस दिन शैली के मुँह से निकले उन चंद शब्दों ने मेरे अंदर सोई सहानुभूति के साथ-साथ उस सोच को भी झकझोरकर खड़ा कर दिया, जो यह सोचकर बैठी थी कि बेचारी शैली को बदनाम किया जा रहा है। निधि ने जब शैली के लिए नाक सिकोड़ते हुए कहा था कि सुंदर है तो क्या... सिर्फ़ सूरत सुंदर होने से कुछ नहीं होता, हरक़तें भी सुंदर होनी चाहिए। हॉस्टल में सुंदर लड़कियों की कमी नहीं है..." तभी से मुझे लगने लगा था कि हॉस्टल में सुंदर लड़कियों से जलने वाली लड़कियों की भी कमी नहीं होती, वही जलन कई पाक-साफ़ लड़कियों को बदनाम भी कर देती है। इसलिए शैली के माथे से बदनामी का दाग़ मिटाने की ज़िम्मेदारी मैंने अपने कंधों पर उठा रखी थी। मुझे उम्मीद नहीं थी कि शैली ख़ुद ही उस गुनाह को क़ुबूल लेगी।

"तुम भी शायद इसे ग़लत मानती हो," मेरे चेहरे के बदलते भावों को शैली ने झट से पकड़ते हुए कहा था।

"नहीं वो... मैं... बाद में बात करती हूँ... कुछ काम याद आ गया.." एक अनचाही बात को सामने देखकर मैं सकपकाई-सी वहाँ से भाग निकली

थी। उस दिन उसका वह सवाल मेरी सोच पर भी सवाल था, जिसका उस वक़्त मैं कोई जवाब नहीं देना चाहती थी। उस दिन कितनी बेरुख़ी से मैंने उसे अनदेखा किया था। वो मुस्कराई भी थी। और मैं... मैं बस भाग ली थी।

उसके बाद मैं कुछ दिन तक शैली से नज़रें चुराती रही। धीरे-धीरे वो भी समझ गई कि मैं उसे अवॉइड कर रही हूँ। उसे तकलीफ़ हुई थी, जब कभी मेरे सामने पड़ती थी तो उसकी उदास मुस्कराहट मुझसे कहती थी, "तुमसे मुझे उम्मीद थी, तुम मुझे समझ सकती थीं... लेकिन तुमने भी वही किया जो सब करते हैं!" मेरा कनखियों से देखना, उसे देखकर मेरे माथे का न सिकुड़ना, शायद उसे जता गया था कि मुझे उससे हमदर्दी थी, लेकिन मैं मतलबी निकली और जुनैद की हिदायत याद करके मैंने शैली को अनदेखा कर दिया, ताकि मेरे रिश्तों पर आँच न आए, उन रिश्तों पर जो इस तरह की लड़कियों को और इस तरह की मोहब्बत को जहन्नुम का रास्ता मानते हैं.. ख़ुदा की लानत मानते हैं।

उस पूरे मसले को भुलाने के लिए मैंने ख़ुद को कॉलेज, क्लासेज़, पढ़ाई और देर रात तक जुनैद के साथ चलने वाली बातों में मशरूफ़ कर लिया। मैं शायद कभी वापस शैली की तरफ़ मुड़कर भी नहीं देखती, अगर उस रात मुझे शैली के कमरे से आती वो आवाज़ें न सुनाई देतीं। उस रात जुनैद से बातें कुछ ज़्यादा लंबी चलीं, तीन बज गए थे। मैं ऊँघते हुए अपने कमरे की तरफ़ मुड़ती, उससे पहले शैली के कमरे से आती कुछ आवाज़ों ने मुझे वहीं रोक लिया। मैंने कमरे की खिड़की से झाँका तो अंदर अँधेरा था, बस बिस्तर पर रखे लैपटॉप का फ़्लैप खुला था, जिसकी लाइट से मैं कुछ देखने की कोशिश कर रही थी। अंदर से शैली के अलावा एक और लड़की की आवाज़ आ रही थी।

"तुम्हारा बॉयफ्रेंड है? और तुमने मुझसे झूठ बोला!" उस दिन शैली का वही हाल था, जो अपने प्रेमी की बाँहों में किसी और लड़की को देखकर किसी प्रेमिका का होता है।

"हाँ, मैंने झूठ बोला और मैं तुम्हें उसकी वजह बताना ज़रूरी नहीं समझती... देखो शैली, मैं तुम्हारे साथ कंटिन्यू नहीं कर सकती... मेरे घरवालों

को पता चल गया तो वो मुझे ज़िंदा गाड़ देंगे!'' दूसरी लड़की ने शैली को दुत्कार दिया था।

''लेकिन... तुम मेरे साथ ऐसा नहीं कर सकतीं, मैं तुमसे प्यार करती हूँ... प्लीज़ मेरे साथ ऐसा मत करो।'' शैली को दूसरी लड़की के सामने गिड़गिड़ाता देख, मेरे हाथ पर जुनैद की उँगलियों के वे निशान उभर आए, जो उसने मुझे अपने कमरे से बाहर खदेड़ते वक़्त बनाए थे, सिर्फ़ इसलिए कि मैंने उसकी किसी ग़लत बात पर कुछ बोलने की गुस्ताख़ी की थी। जुनैद अच्छा है, मुझसे प्यार भी करता है, लेकिन डराकर। उसके प्यार में बंधन है, आज़ादी नहीं। वैसा ही बंधन मैंने उस रात शैली और उस दूसरी लड़की के बीच देखा था। शैली के साथ भी बिलकुल वैसा ही हो रहा था, फ़र्क़ इतना था कि वहाँ दूसरी तरफ़ भी एक लड़की थी। उस रात से पहले तक मुझे लगता था कि एहसासात के मामले में लड़के ही मजीद सख़्त मिज़ाज होते हैं, लेकिन उस दिन मुझे एहसास हुआ कि प्यार में जो दूसरी तरफ़ होता है वो सख़्त ही होता है, फिर चाहे वो लड़का-लड़की के बीच का प्यार हो या दो लड़कियों के।

''ठीक है... तुम्हें अगर ब्रेक-अप करना ही है तो चली जाओ... लेकिन आज की रात और मुझे दे दो।'' उस रात कुछ पलों के लिए ही सही, शैली की रुँधी आवाज़ और तड़प ने उस दूसरी लड़की को पिघला दिया था। उसके बाद उन दोनों के बीच मैंने वही प्यार, वही चाहत, एक-दूसरे को पा लेने, एक-दूसरे में खो जाने, एक-दूसरे के शरीर पर फिसलिती उँगलियों की नर्माहट में, शरीर से होंठों की होती बातों में वही तस्वीर देखी, जिसका तसव्वुर मैंने सिर्फ़ एक लड़का और लड़की के बीच किया था। उस दिन जो हुआ उसने मेरे अंदर हलचल मचा दी। मैं कुछ और देखती-समझती, उससे पहले ही उस दूसरी लड़की ने झटके से शैली को ख़ुद से अलग किया, एक ज़ोर का थप्पड़ मारा और अपनी ही ज़ात को गालियाँ देकर उसके कमरे से बाहर निकल आई।

''एक बात याद रखना... अगर कभी मेरा नाम किसी के सामने लाने का ख़्याल भी आए, तो अपनी नंगी तस्वीरों को इंटरनेट पर इमेजिन कर लेना!'' उस दूसरी लड़की के कमरे से बाहर निकलने की भनक पाकर मैं सीढ़ियों

की ओट में छुप गई थी। सीढ़ियों की दरख़्त से उस दिन मैंने जिस लड़की को शैली के कमरे से बाहर आता देखा, उसे देखकर न सिर्फ़ मैं हैरान थी बल्कि कुछ पल को सिहर उठी थी। वो निधि थी... मेरी रूममेट निधि। कुछ पल के लिए मैं सोचने-समझने के क़ाबिल नहीं बची थी। इतना बड़ा झूठ मेरे सामने नाचता रहा और मैं उस तमाशे से कितनी अनजान रही, कभी आँखें खोलने की कोशिश नहीं की। उस दिन शैली का प्यार टूटा था और मेरा भरोसा। निधि के ख़ौफ़ से मैंने वो रात छत पर गुज़ारी। उस वक़्त मेरी कुछ भी करने-समझने की ताक़त ख़त्म हो चुकी थी। सोचा जुनैद को फ़ोन करके सब बता दूँ। यह भी कि मैं जिस लड़की के साथ कुछ महीनों से रह रही हूँ, वो न सिर्फ़ लेस्बियन है बल्कि एक ब्लैक मेलर भी। कौन जाने उसने कभी मेरे साथ भी वही किया जो शैली के साथ... उसके साथ बतौर रूम-पार्टनर उस कमरे में बिताई रातों ने मुझे उस हादसे के डर से कचोट डाला, जो घटा तो नहीं लेकिन घट सकता था।

छत की मुंडेर पर बैठे-बैठे मेरी वह रात आँसुओं से भीग रही थी। मुझे एहसास हो रहा था कि उन आँसुओं में से कुछ आँसू शैली के भी थे, ब्लैक मेलिंग की उस डरावनी आहट के भी, जो रह-रहकर मुझे डरा रहे थे। उस दिन सिर्फ़ शैली की तस्वीरें नंगी नहीं हुई थीं, बल्कि मेरे मन के कई जज़्बात भी नंगे हुए थे, निधि की सीरत नंगी हुई थी, डरी हुई वो मोहब्बत नंगी हुई थी जो अपने होने का डंका नहीं बजा पाती, बल्कि छुपकर अपना गला घोंट देती है।

"कोई प्रॉब्लम है क्या?" शैली ने उस रात मेरे कंधे पर हाथ रखा तो मैं फफक पड़ी थी।

"मैंने आज सब कुछ देख लिया शैली," कहते हुए मेरी नज़रें ज़मीन में गड़ गई थीं। लेकिन शैली के चेहरे पर मैंने इस बात से फ़र्क़ पड़ता नहीं देखा था कि उसका सच मेरे सामने आ गया, बल्कि एक तसल्ली देखी थी कि चलो क़िसी को उसका सच, उसकी मोहब्बत की दशा मालूम हुई। उस रात उसने मुझसे कहा था, "अरीन... मैं नहीं जानती कि मैं तुम्हें समझा पाऊँगी या नहीं, लेकिन यह भी प्यार है। मुझे किसी ने इसके लिए मजबूर नहीं किया न ही कोई अकेलापन इसकी वजह है, यह बस हो गया, जैसे तुम्हें हुआ होगा

कभी किसी लड़के से... हाँ, बस फ़र्क़ इतना है कि मेरा प्यार मेरे ही जैसी किसी लड़की के लिए है, मुझे ख़ुद पता नहीं लगा कि कब मैं और निधि एक हो गए...''

वो कहते-कहते रुक गई थी। शायद कुछ और बचा नहीं था। अपनी मोहब्बत की किताब के अधजले पन्ने पलटते वक़्त उसकी आँखों में पाक सच्चाई, उसके रुँधे गले में बिलखता दर्द, उसके तेज़ धड़कते सीने में मर मिटने की चाहत देखकर मैं एक पल के लिए ये भूल गई कि वो दो लड़कियों के बीच की मोहब्बत की बात कर रही है। उस रात मुझे पता चला कि वो निधि ही थी, जिसने शैली को पूरे हॉस्टल में बदनाम किया। निधि किसी और को शैली के क़रीब नहीं आने देना चाहती थी। शैली के सारे अलफ़ाज़ ख़त्म होने के बाद मुझे बस इतना समझ आया था कि वो भी निधि से उतनी ही मोहब्बत करती है, जितनी मैं जुनैद से और हम दोनों ही अपनी मोहब्बत को किसी भी क़ीमत पर खोना नहीं चाहते, थोड़ी-बहुत लानत और जुल्म के बाद भी नहीं।

उस रात देर तक एक-दूसरे के आँसू पोंछने के बाद ही हमारी छुप-छुपकर छत पर मिलने वाली दोस्ती शुरू हुई थी। मैं नहीं चाहती थी कि निधि किसी भी वजह से ग़ुस्से में आकर शैली को बदनाम करे या उसका फोटो इंटरनेट पर डाले। इसलिए हम दोनों ऐसे दोस्त बन गए, जिनकी दोस्ती के बारे में हम दोनों के अलावा सिर्फ़ वो छत, रात का अँधेरा, खुला आसमान और वो अनगिनत तारे जानते थे जिनके साए में हमारी दोस्ती साँसें लेती थी। लेकिन वह दोस्ती ज़्यादा नहीं चली। कुछ ही महीनों बाद शैली अपना कोर्स पूरा करके चली गई और हमारे बीच की दोस्ती भी वहीं ख़त्म हो गई। उसे मैंने ही ख़त्म किया था, जुनैद के डर से। मैं ख़ुद को इतना मज़बूत नहीं समझती थी कि शैली के बारे में जुनैद को बता पाऊँ या उसे समझा पाऊँ कि लेस्बियन लड़कियाँ बिगड़ी हुई नहीं होतीं, बस थोड़ी अलग होती हैं। जुनैद कभी नहीं मानता कि हमारे बीच सिर्फ़ दोस्ती है। बस इसलिए उस दोस्ती पर मैंने अपने हाथों से मिट्टी डाल दी। बिछड़ने से पहले हम दोनों रोए थे, मेरी आँखों में माफ़ी के लिए आँसू थे और शैली की आँखों में... किस-किस बात के लिए थे, कह पाना उस वक़्त भी मुश्किल था और आज भी।

"क्या हुआ है तुम्हें?" बंद पलकों के पीछे से लुढ़कते आँसू देखे तो जुनैद ने मुझे उठाया। मैं अब तक सोफ़े में धँसी हूँ। शाम हो चुकी है। "अरे क्या हुआ... बहुत देर से घंटी बजा रहा था, लेकिन तुमने दरवाज़ा नहीं खोला तो मैं अपनी चाबी से लेच खोलकर अंदर आया... तुम ठीक तो हो न?" जुनैद ने पूछा।

"हाँ... बस आँखें दुख रही थीं," मैंने कहा, फिर बिना सोचे ही वो बात भी कह दी जिसके बारे में सोचकर सालों गँवा दिए, "जुनैद, मेरी हॉस्टल टाइम की एक दोस्त है शैली... उसे किराए से कमरा चाहिए... तुम्हें ऐतराज़ न हो तो अपना ऊपर वाला कमरा उसे दे दूँ?"

"हाँ-हाँ... क्यों नहीं... तुम जानती हो तो दे दो... कमरा किराए से भी उठ जाएगा और तुम्हें कंपनी भी मिल जाएगी," जुनैद ने कहा तो मैं मुस्करा दी। मैं जानती थी कि अगर जुनैद को पता लगा कि शैली लेस्बियन है तो वो उसे कभी कमरा नहीं देते, लेकिन कहीं से तो शुरुआत करनी ही थी, उस दोस्ती की, जिसे मैंने बिना किसी कारण ख़त्म कर दिया था। आज जुनैद से एक छोटा-सा झूठ मुझे ग़लत नहीं बल्कि अच्छा लगा। मैं ख़ुश हूँ कि आज पहली बार... मैं भी शैली को एक लेस्बियन के तमग़े से हटाकर सिर्फ़ एक लड़की और अपनी एक दोस्त के रूप में देख पाई हूँ।

धूल-माटी-सी ज़िंदगी

वह जब पहली बार मेरे पास काम माँगने आई थी, तब उसे देखते ही उस पर लाड़-सा उमड़ा था।

"नाम क्या है रे तेरा.." मैंने पूछा था तो नई दुल्हन-सी शर्माते हुए, बड़े लय में उसने अपना नाम लिया था, "मीराऽऽऽऽ"।

सिर्फ़ साढ़े तीन फ़ुट की थी। पाँच मीटर की साड़ी उस पर पहनी हुई-सी नहीं, बल्कि लपेटी हुई-सी दिखती थी मुझे। उसके कुम्हलाए-से शरीर पर साड़ी का बोझ कम था, जो उसनें पैबंद की तरह गमछे के सहारे पीठ पर अपनी चार महीने की बेटी को भी बाँध रखा था। अपनी माँ और उसकी परेशानियों से परे वो बच्ची कभी मेरी तरफ़ देख मुस्कराती थी, कभी मुँह में उँगली चबाती थी।

"साड़ी तो तेरी इधर-उधर भाग रही है... तू सूट क्यों नहीं पहनती रे?" मैंने जब उससे पूछा तो माथे से सरकता अपना आँचल संभालते हुए, "पति

ग़ुस्सा करता है'' कहकर वो हँस दी थी। हँसते वक़्त उसकी आँखों में जुगनू से चमक उठे थे। उसकी हँसी में भोलेपन और अनाड़ीपन की मिली-जुली खनक थी, जिसे सुनकर पहली दफ़ा में मेरे मुँह से निकला था- ''पगली''। उसके चले जाने के बाद बहुत देर तक मैं सोलह साल की उम्र में उसके भीतर बसे पति की डाँट के डर के बारे में सोचकर, दादी-नानी से सुनी उनके ज़माने में होने वाले बाल विवाहों की कहानियाँ याद करती रही थी। आज की दुनिया के सामने, कॅरिअर की फ़िक्र में जवान होते बच्चों के सामने मीरा मुझे बेचारी-सी दिखी। मेरी पड़ोसिन ने उसे मेरे पास भेजा था, यह कहकर कि बेचारी बहुत दिन से काम की तलाश में है, तुम्हारे यहाँ कोई काम हो तो दे दो। मुझे भी रसोई में एक हेल्पर की ज़रूरत थी इसलिए उसे रख लिया। चूँकि पड़ोसिन उसे और उसके पूरे परिवार को अच्छे से जानती थी, इसलिए जाँच-पड़ताल में समय गँवाए बिना मैंने उसे अगले ही दिन से आने के लिए कह दिया।

अगली सुबह सात बजे वह हाथ में न्यूज़ पेपर लिए दरवाज़े पर खड़ी थी। गमछे के सहारे पीठ पर अपनी बेटी को गाँठ में बाँधे। धीरे-धीरे मेरी सुबह के अख़बार की लत में कब मीरा की शक्ल और आवाज़ शामिल हुई, मुझे भी नहीं पता लगा। हर सुबह उसी तरह वह दरवाज़े पर आती और शाम ढलने से पहले दिनभर का सारा काम ख़त्म करके चली जाती। दिनभर चुपचाप अपना काम करती रहती। जब भी कुछ बोलती, कुछ ऐसा बोल देती कि फिर देर तक मैं उसी के बारे में सोचती रहती।

''दीदी, आप हाथ में चूड़ी भी नहीं पहनते हो, माँग भी नहीं भरते हो... हमारी बस्ती में इसे शुभ नहीं मानते,'' कहकर वह अपने काम में लग जाती और मैं देर तक उसकी छोटी-छोटी पतली-पतली कलाइयों पर सजी काँच की चूड़ियों को, उसके बालों के बीच लाल रंग से खिंची लंबी-सी लाइन को देखती रहती। एक अधेड़ उम्र के, शराब की लत वाले आदमी को सिंदूर से खिंची लंबी लाइन कितनी ज़िंदगी दे पाएगी, ये शायद वो भी नहीं जानती थी। हमेशा तीखी ख़ामोशी-सी चुप्पी साधने वाली मीरा का बेबात खिलखिलाकर बच्चे-सा हँसना, उसकी पुतलियों में हँसते वक़्त जुगनुओं का चमकना, पहली मुलाक़ात से ही मुझे सब कुछ एक मिला-जुला रहस्य-सा लगा, एक

पहेली-सा। मैं जब भी उसे देखती, बात करती, उसके भीतर का कुछ मुझे उसकी तरफ़ खींचता। मेरे भीतर की औरत और संवेदना को जो सबसे ज़्यादा उसकी तरफ़ खींचता था, वह था उसकी बेटी का बंदर के बच्चे की तरह कभी उसकी पीठ पर तो कभी पेट पर चिपके रहना। वो उसे दूध भी वैसे ही पिलाती, पेट से बाँधकर आधी छाती उघाड़ देती और उसकी बेटी माँ की सारी शारीरिक हरक़तों की दख़ल को नज़रअंदाज करते हुए आराम से अपना पेट भर लेती। माँ-बेटी दोनों को साथ-साथ चलने वाले काम से कोई फ़र्क़ नहीं पड़ता था, चाहे मीरा बर्तन माँज रही हो या कपड़े धो रही हो। जब तक पेट भर न जाता बिना किसी और बात पर ग़ौर किए वो छाती से मुँह लगाए रहती।

''ऐसे दूध पिलाती है, इसका पेट भरता है ? शांति से बैठ जाया कर कुछ देर।'' काम शुरू करने के पहले-पहले दिनों में ही मैंने उससे कहा था, तो हँसकर बोली थी, ''हाँ दीदी, ये कैसे भी दूध पी लेती है, दिनभर थककर जब रात में मैं सोती हूँ तो दूध उघाड़कर सोती हूँ। ये नियम से आधी रात में उठती है, घंटे-आधा घंटे खेलती है, फिर दूध पीकर अपने ही सो जाती है, वर्ना मेरी नींद तो इतनी गहरी है कि ये रोए, चिल्लाए या कोई मुझे बाहर उठाकर फेंक आए, मैं उठने से रही!''

उसके जवाब ने मुझे मेरे बीते दिनों में उलझा दिया था। मेरी प्रेग्नेंसी के दिन याद आ गए थे, जब अपने बेटे को दूध पिलाना मैं कितनी मुश्किलों से सीख पाई थी, शुरू के दिनों में अनाड़ियों जैसी हरक़तें करती थी। अपनी और मीरा की हालत को एक ही धरातल पर रखते मन उसके लिए पसीज उठा था।

''अभी काम क्यों करती है, बच्ची को ज़रा चलने-खाने लायक़ हो जाने दे फिर काम कर लेना,'' नौकरी के दो-तीन दिन बाद ही मैंने उससे कहा था। उसे लगा मैं उसे निकालने की बात कह रही हूँ, ये सोचते ही उसके साँवले माथे पर लकीरें खिंच आई थीं, ''ऐसा मत कहिए दीदी, काम की बहुत ज़रूरत है। बाप तो इसका जो कमाता है, पी-खाकर उड़ा देता है। अपना और इसका पेट पालने के लिए तो कमाना पड़ेगा न!'' वो भावहीन सुर में बोली थी।

उसने बहुत कड़े मन से यह बात कही थी, फिर अपने काम में लग गई थी। न आँखों में लाचारी के आँसू आए, न चेहरे पर मजबूरियत के भाव। हाँ, बस अपनी बात ख़त्म करने के बाद जो हलकी-सी मुस्कराहट उसके होंठों पर आई थी, वो कह रही थी, ''मैं कमज़ोर नहीं हूँ, कमा-खाकर अपना गुज़ारा करना जानती हूँ।''

उसकी बातों और अंदाज से अक्सर मेरे दिन का कुछ वक़्त सिर्फ़ मीरा को समझने पर ख़र्च हो जाता। वो थी ही ऐसी, सलोने-से रंग की, दुबली-पतली-सी, ख़ामोश-सी, शर्मीली-सी, जिसे देखो तो लगे जैसे कुछ कहना चाहती हो, कुछ समझाना चाहती हो। उसे देखकर मेरे मन में अजीब-अजीब-सी उपमाएँ सूझतीं। कभी जब वह मुझे लाल रंग में दिखती तो पैकेट में बंद उस ग़ुब्बारे-सी लगती, जिसमें अभी हवा भर दी जाए तो वो दिल के आकार का एक ख़ूबसूरत, हवा में उड़ता ग़ुब्बारा बन जाए, जिस पर कुछ देर को निगाहें ठहर जाती हैं। लेकिन अगले ही पल लगता कि उस ग़ुब्बारे में कभी कोई हवा नहीं भरेगा, वो ऐसा ही रहेगा, मुरझाया हुआ, पिचका हुआ... हमेशा। न जाने क्या-क्या अटपटे मेल-मिलान मैं मीरा और अपने आस-पास की चीज़ों में करती रहती। उसकी आँखों की तरह, मुझे उसकी ज़िंदगी भी पहेली लगती, जिनमें दर्द, ख़ुशी, दया, ताक़त, जैसे सबकुछ ही मिला होता। लगता जैसे नौ रसों को मिलाकर कुछ सामने रख दिया हो और कहा गया हो, 'जो तुम्हें मुझमें सबसे ज़्यादा दिखे वही तुम ले लो।'

महीने भर बाद मैंने दोपहर के फ्री टाइम में उसे पढ़ाना शुरू किया, यह सोचकर कि पढ़ाई के बहाने उससे कुछ बातें करूँगी तो शायद उसे समझ पाऊँ। इसका एक कारण यह भी था कि मैं पूरा दिन घर में अकेली होती। ऐसे में कोई दूसरा इंसान घर में होते हुए भी कुछ न बोले तो मन पर भारी पड़ने लगता है। पहले दिन उसे पढ़ाने के लिए कमरे में आने का कहकर मैं अपने काम में लग गई। वह कब धीमे क़दमों से मेरे पास आकर खड़ी हो गई, मुझे तब पता चला जब उसने धीमी आवाज़ में कहा, ''कहाँ पढ़ाएँगी दीदी, कमरे में या बाहर?''

उसकी कही बात में पढ़ाई के लिए न मुझे उत्साह दिखा न हतोत्साह, वो भावहीन थी। लगा, क्योंकि बस मैंने कहा है, इसलिए उसे पढ़ना है, जैसे मेरे

कहने पर वह घर के काम करती है ठीक वैसे ही।

मैंने उसे ग़ौर से देखा, हमेशा की तरह उलझी हुई पहेली-सी लगी, शायद हिंदी की किताब का एक ऐसा काव्य जिसका अर्थ समझना तो कठिन होता है, लेकिन जब उसकी संदर्भ सहित व्याख्या की जाए तो उस काव्य की ख़ूबसूरती ढोल-मंजीरों के साथ बयाँ होती है। मुझे भी लगता था कि जिस दिन मैं इस पहेली को सुलझा लूँगी, एक अलग ही मीरा को देख पाऊँगी।

वह पाँचवीं तक पढ़ी-हुई थी, इसलिए हमने छठी क्लास की किताबों से शुरू किया। शुरू के दो-तीन दिन तो ठीक रहा, लेकिन पढ़ाते वक़्त भी जब मीरा के बारे में कुछ उलझे-से ख़्याल मुझ पर हावी होने लगे, तो मैंने उससे बात करनी चाही। थोड़ा मुश्किल था, गणित के इबारती सवालों के बीच उसकी ज़िंदगी की इबारत को जानना, लेकिन मैं मौक़ा गँवाना नहीं चाहती थी।

मन में जो पहला सवाल कौंधा वही पूछ लिया, ''तेरा पति क्या करता है रे?''

''जब होश में होता है तो एक डेरी में गाय-गोरु को देखता है, गोबर उठाता है, दूध दुहता है,'' कहकर वह चुप हो गई, फिर ख़ुद ही बोली, ''अनपढ़-गँवारों को एही काम मिलेगा ना दीदी?'' और हमेशा की तरह खिलखिला दी। मैं समझ नहीं पाई थी कि वो मेरे सवाल पर हँस रही है, अपने शराबी पति पर या अपनी क़िस्मत पर।

''और तेरे माँ-बाप, सास-ससुर, वो सब कहाँ रहते हैं?''

इस सवाल को पूछते ही उसने मेरी आँखों में देखा, नज़रें मिलते ही मुझे एहसास हुआ कि कुछ देर पहले जिस हँसी ने उसकी आँखों में चमक पैदा की थी, अब उसकी जगह पर घृणा, चुभन, ग़ुस्सा और तकलीफ़ थे। उसके नज़रें चुराते ही मैं समझ गई कि उत्सुकता में शायद ग़लत सवाल पूछ बैठी, फिर भी जवाब मिलने की उम्मीद से उसकी तरफ़ देखती रही।

''बाप का सुख नहीं मेरी क़िस्मत में दीदी,'' उसने किताब छोड़कर नाख़ूनों से ज़मीन कुरेदनी शुरू कर दी, ''पाँच साल की थी जब बांप मर गया था मेरा। तब दिन इतने ख़राब थे कि उसको कंधा देने के लिए आदमी भी

नहीं मिल रहे थे। दारू का बोतल देना पड़ा, तब लोग कंधा देने आए, बड़ा मुश्किल से आग खाया वो दीदी।''

वो एक साँस में किसी कहानी की तरह सुनाती जा रही थी, किसी भाव-शून्य कहानी की तरह,

''...और अम्मा मेरी गाँव में रहती है, भाई लोग के साथ, उही तो बेच दिया मुझे इस बुड्ढे के साथ दारू के लोभ में। सास मेरी है नहीं और ससुर जितना जल्दी मरे उतना अच्छा।''

बात ख़त्म करते-करते उसने दाँत भींच लिए थे और एक नाख़ून की जगह पूरा हाथ बिल्ली के पंजों की तरह ज़मीन पर गड़ा दिया था। उसकी बेटी बग़ल में चटाई पर लेटी हाथ-पैर चला रही थी, जैसे माँ का पूरा साथ दे रही हो।

''तू इतनी ख़ामोश क्यों रहती है रे,'' मैंने माहौल बनता देखा तो वह सवाल भी पूछ डाला जो अक्सर मेरे मन में कौंधता रहता था।''

मीरा ने पहले मुझे सवालिया नज़रों से देखा, फिर नज़रें चुराते हुए बोली, ''मेरा ज़िंदगी धूल-माटी है दीदी, मुँह खोलने से डर लगता है।''

''क्या मतलब?'' उसका जवाब समझ न आने पर मैंने पूछा।

''आज आपने अख़बार नहीं पढ़ा न दीदी, मैं अख़बार लाती हूँ।'' उसने वैसी ही रहस्यमय हँसी हँस दी और कहकर चली गई। जिस सवाल का जवाब उसने सिर्फ़ हँसकर दिया, उसे फिर सवाल बनाने का न मेरा मन हुआ न हिम्मत। मैं बस उसे कमरे से जाते हुए देखती रही। वह उतने ही चुपचाप क़दमों से बाहर चली गई, जितने चुपचाप क़दमों से आई थी, लेकिन उसके जाने के बाद मेरा दिमाग़ चुप नहीं रह पाया। अख़बार के पन्ने पलटते हुए मैं बहुत देर तक फिर से उसी लड़की के बारे में सोचती रही, जो पूरा दिन मेरी नज़रों के सामने रहती है, रहस्यमय हँसी हँसती है और रहस्यमय बातें करती है। उस दिन मीरा घर जल्दी चली गई, जिसकी वजह मुझे अपने सवाल-जवाब लगे, जो शायद उसे परेशान कर गए थे।

उसी शाम जब मैं प्रभात चौक से गुज़री, तो मीरा मुझे सुनसान गली से घबराती, हड़बड़ाती, पसीने में तर, तेज़ क़दमों से बाहर आती दिखी।

उसकी पीठ पर उसकी बेटी नहीं थी, वो अकेली थी। मैंने गली के बाहर ही कार खड़ी की और उसे देखने लगी। दूर से आती मीरा की चाल मुझे कुछ कमज़ोर दिखाई दे रही थी, वह पहले से ज़्यादा मुरझाई हुई लग रही थी, जैसे छुईमुई छूने के बाद सिकुड़ जाती है। उसे देखकर लग रहा था, जैसे किसी ने उसके शरीर पर रेतमाल फिराकर हर कोने से घिस दिया हो। उसके चेहरे का आकर्षित कर देने वाला साँवला रंग मुझे सूख चुकी सफ़ेदी-सा दिख रहा था। उसकी साड़ी आधी उसके बदन पर थी और आधी वो बदन पर लाने की कोशिश कर रही थी। उसकी तेज़ चलती साँसें, उसके ब्लाउज में रेंगती हुई अलग से दिख रही थीं। मीरा ने एक बार भी नज़रें उठाकर ऊपर या आस-पास देखने की कोशिश नहीं की, बस ज़मीन को देखती हुई, धीमे क़दमों से अपने रास्ते चली जा रही थी, जैसे नज़रें ऊपर कर लेगी तो रास्ता भूल जाएगी।

"क्या बात है... सब ठीक है न... तुम यहाँ अकेले क्यों आई थी?" मीरा जब गली से निकलकर घर की तरफ़ मुड़ने लगी तो मैंने पीछे से आकर टोका।

अपनी ही धुन में उलझी-सी कभी पसीना पोंछती, कभी साड़ी संभालती वो चली जा रही थी। अपनी घबराहट में उसने शायद मेरी आवाज़ नहीं सुनी थी, जब मैंने दुबारा उसे आवाज़ लगाई तो वो सकपकाई-सी मुझे देखने लगी, फिर हमेशा की तरह नज़रें ज़मीन में गड़ाकर बोली, "जी, वो कुछ काम से आई थी।"

"कैसा काम... और वो भी यहाँ... तू इतना डरी हुई क्यों है? और तेरी बेटी कहाँ है?" मेरे छोटे-से शहर में पुराने हाईस्कूल की टूटी बिल्डिंग, जिसे लोगों ने भूतिया घोषित कर दिया था, उससे मीरा का निकलना मुझे न सिर्फ़ अजीब लगा बल्कि परेशान भी कर गया।

"जी, बस कुछ ज़रूरी काम था... मैं नहीं घबरा रही हूँ, मैं ठीक हूँ, गुड़िया को उसका बाप कहीं ले गया है," उसने सड़क की तरफ़ देखते हुए कहा। मैं उसे एकटक देख रही थी, जैसे मेरे इस तरह देखने से मीरा ख़ुद ही सारा खुलासा आज मेरे सामने कर देगी। उसके हाथ काँप रहे थे और उसकी आँखों में नमी देखकर मैंने उस वक़्त कुछ और पूछना ठीक नहीं समझा,

लेकिन मन में हज़ारों बातें दौड़ने लगीं। पूरा शहर आदिवासी बस्तियों से घिरा हुआ है, मीरा भी आदिवासी ही है, शायद किसी तंत्र-मंत्र के चक्कर में पड़ी है इसलिए इतना चुप और रहस्यमयी लगती है मुझे। मैंने उस पल के लिए ख़्यालों को दरकिनार किया और उसे घर छोड़ देने के बहाने उसके बारे में जानना चाहा, "अच्छा, चलो बैठो, मैं तुम्हें ड्रॉप कर देती हूँ।"

"जी, मैं पैदल चली जाऊँगी," मीरा ने कहा।

"कहा न चुपचाप बैठो!" मुझे पहले ही कुछ समझ न आने पर खीझ हो रही थी, ऐसे में उसका इनकार मुझे ग़ुस्सा दिलाने के लिए काफ़ी था। मैंने चिल्लाकर कहा तो मीरा कार में बैठ गई। उसे देखकर लगा, शायद वो भी यही चाहती थी, बस एक बार इनकार उसे ज़रूरी लगा होगा।

मैं पहले कभी उसके घर नहीं गई थी, इसलिए वह रास्ता बताती रही और मैं हर बार उसके कहे अनुसार गाड़ी घुमाती रही। लगभग बीस मिनट बाद मैं एक सँकरी-सी गली में, जिसमें कार घुसने के बाद किसी दूसरे आदमी के निकलने की भी जगह न बचे, उसके घर या कहूँ कि उसकी झोपड़ी के सामने खड़ी थी। काली मिट्टी से लिपा-पुता उसका झोपड़ीनुमा घर वैसे तो उस इलाक़े के आदिवासी बस्ती वालों के घरों से अलग नहीं था, लेकिन मैं इतने क़रीब से पहली बार कोई ऐसा घर देख रही थी। मुझे उसका घर भी पहली नज़र में उसी की तरह दिलचस्प लगा।

"पहली बार तेरे घर आई हूँ, अंदर नहीं बुलाएगी?" वो गाड़ी से उतरकर जाने लगी, तो मैंने मौक़ा न गँवाते हुए कहा। मेरे सवाल पर वह थोड़ा सहम गई, फिर कुछ पल की चुप्पी के बाद बोली, "आ जाइए दीदी, वैसे मेरे घर में आपके देखने लायक़ कुछ भी नहीं।" उसके कहने भर की देर थी कि मैं गाड़ी से उतरकर उसके घर की तरफ़ बढ़ गई। बाहर से हॉलनुमा दिखने वाले एक बड़े से कमरे में अंदर छोटे-छोटे कमरे बने थे। घर पूरा काली मिट्टी और खपरैल से भले बना था, लेकिन घर में मेरे कमरे जैसी एसी वाली ठंडक थी और ज़मीन पर नरमाई। उसका घर भी उतना ही साफ़ था जितना वह मेरे घर को रखती है। अगर मेरे ही घर की तरह मार्बल लगा होता तो ये भी उसी तरह चमक रहा होता।

"पति, ससुर सब काम पर गए हैं?" मैंने ख़ाली घर देखते हुए पूछ लिया।

वह हमेशा की तरह एक चुप्पी के बाद बोली, "पति तो नशा करके किसी नाली में पड़ा होगा और ससुर, वो क्या काम करेगा, अधमरा-सा है... पूरा मर जाए तो जान छूटे।" फिर वैसी ही हँसी हँस दी। मैं हमेशा की तरह बस उसे देखती रह गई।

उसे हँसता देख लगा कि अब वह सामान्य हो गई है, इसलिए कुछ देर पहले घटी घटना के बारे में पूछ लिया, "तू उस बिल्डिंग में क्या करने गई थी? वहाँ से डरी हुई क्यों भाग रही थी?" मेरी बात सुनकर उसकी नज़रें फिर ज़मीन में गड़ गईं और झिझकते हुए वो बोली, "अभी आप जाएँ दीदी, मैं कल आऊँगी तो आपको सब बताऊँगी।" उससे अगले दिन का वादा लेकर मैं वहाँ से निकल गई।

अगला दिन मेरे लिए बहुत देर से हुआ। इंतज़ार वक़्त को खींचकर अक्सर ऐसे ही लंबा कर देता है। मीरा के बारे में मैंने अपने घर में किसी को नहीं बताया था। मेरे पति भूत-प्रेत की बातों में न विश्वास करते, न करने देते। मीरा के बारे में उन्हें बताती तो उसे काम से निकाल देते, इसलिए सोचा पहले मैं ख़ुद ही ये पहेली सुलझा लूँ। क्या पता ये बात है भी या नहीं। मुझे पूरी उम्मीद थी कि अगले दिन मीरा मुझे सब बता देगी।

"मैं पूरी बात करूँगी। क्या परेशानी है, कहाँ से हड़बड़ाई-सी आ रही थी, सब पूछ लूँगी... सबकुछ जानकर रहूँगी।" एक-एक मिनट घड़ी की तरफ़ देखकर सुबह 7 बजने का इंतज़ार कर रही थी।

7 से 7:30 बज गए थे, न अख़बार हाथ में आया था, न मीरा आई थी। मन घड़ी की सुइयों में अटक गया था। इंतज़ार में बार-बार घड़ी को देख रही थी, तो लग रहा था कि अगर यह घड़ी, घड़ी न होकर कोई लड़की होती तो बुरी नज़रों से घूरने के लिए मुझे दो थप्पड़ लगा चुकी होती, लेकिन निर्जीव थी इसलिए चुपचाप दीवार पर चिपकी मेरी नज़रों को इग्नोर करके अपने समय से चल रही थी। घड़ी की सुइयाँ आगे बढ़ती रहीं, मैं भी घर के काम देखने की मजबूरी में बिस्तर से उठ गई। पति ऑफ़िस चले गए और बेटा

स्कूल, लेकिन मीरा का कोई अता-पता नहीं था। मुझे उस पर बहुत ग़ुस्सा आ रहा था। मन कर रहा था कि अभी के अभी उसके घर जाऊँ और चिल्लाऊँ कि आज का कहकर क्यों नहीं आई? क्यों एक और सवाल के साथ पहेली को उलझा दिया? क्यों हमेशा सब अधूरा छोड़कर ग़ायब हो जाती है?

दिन बीत रहा था, लेकिन मीरा की कहीं कोई ख़बर नहीं थी। मुझे रह-रहकर यही ख़्याल आ रहा था कि कहीं उसके साथ कुछ बुरा तो नहीं हो गया या फिर मेरे सवालिया रवैए से बचने के लिए उसने मेरा काम ही छोड़ दिया हो, होने को कुछ भी हो सकता था। मैंने फ़ोन भी लगाया, लेकिन उसका फ़ोन बंद था। यहाँ रहती थी तो कैसे फ़ोन की घंटी सुनकर हमेशा भागती थी।

पूरा दिन मीरा की चिंता से ज़्यादा उसकी ज़रूरत में बीता। कितना मतलबी होता है यह मन भी; एक पल को लगा कि उसके होने से मुझे कितना आराम रहता है शायद इसी वजह से मैं उसकी परवाह कर रही हूँ। बीते दो महीनों में उसने एक बार भी नागा नहीं किया और काम भी बख़ूबी संभाल लिया। अगले दिन, शाम तक भी जब मीरा नहीं आई, तो घर लौटे पति के सामने मैंने उसके घर चलने की इच्छा ज़ाहिर की, जो ये कहकर दुत्कार दी गयी कि 'वो तुम्हारी नौकरानी है, रिश्तेदार नहीं...। उसे इतना भी भाव मत दो कि वह तुम्हारे सर चढ़ जाए। देख लो दो-चार दिन नहीं आई तो दूसरी बाई ढूँढ़ दूँगा।' पति की इस बात के आगे मैं कुछ कह नहीं पाई। कहती भी क्या, कि मीरा अब मेरे लिए सिर्फ़ एक नौकरानी नहीं बल्कि एक ऐसा सवाल बन गई थी जिसे मुझे सुलझाना ही था। रह-रहकर उसकी हँसी, उसकी सवालिया निगाहें, उसकी चुप्पी मेरा मन खटखटाती... और मैं... मैं उसके ख़्याल के अलावा किसी और ख़्याल को तवज्जो नहीं दे पाती, जो मीरा से हटाकर मेरा मन बहलाने के लिए मेरा दिमाग़ सुझा रहा था। लग रहा था कि क्या वाक़ई मीरा कोई पहेली से भरी ज़िंदगी जी भी रही थी या मैंने अपनी ज़िंदगी के ख़ालीपन को भरने के लिए उसकी ज़िंदगी को एक पहेली बना दिया था। उस दिन मैंने अपनी दिनचर्या का हर काम किया। अगले दिन फिर मीरा के आने की उम्मीद में रात भी काट दी, लेकिन अगले दिन भी मीरा नहीं आई। अगला दिन संडे था, इसलिए पति से छुपकर मीरा के घर जाने की बात सोच भी नहीं सकती थी। हाँ, लेकिन संडे होने से पति और बच्चों के साथ दिन-भर

की व्यस्तता में दिन जल्दी कटा, मीरा का ख़्याल भी काम के वक़्त ही आया, बाक़ी समय दिमाग़ और मन दोनों परिवार में उलझे रहे। उस रात मैं अगली सुबह पति के ऑफ़िस जाते ही मीरा के घर जाने के ख़्याल के साथ ही सोई... सोच लिया था कि उस उलझन को उसके काम के पैसे देकर, दिमाग़ और ज़िंदगी दोनों से निकाल आऊँगी।

अगली सुबह पति के जाते ही मैं मीरा के घर पहुँची। दरवाज़ा खटखटाने की ज़रूरत नहीं पड़ी, हाथ लगाते ही खुल गया। घर में घुसते ही फिर वही महक नाक में घुसी जो मीरा के आस-पास होने पर आती। शायद इसके या, यहाँ के सभी घरों में से ऐसी ही महक आती होगी। मिट्टी, गोबर, लकड़ी, सभी की मिली-जुली महक। दरवाज़ा खुलते ही मुझे अंदर से किसी की आवाज़ की उम्मीद थी, लेकिन अंदर सन्नाटा पसरा हुआ था। काले रंग की मिट्टी से बनी दीवारें, बंद खिड़की-दरवाज़े, दिन के उजाले में भी घर को अँधेरे में डुबोए हुए थे। मन में एक बार वहम भी हुआ कि अगर मीरा का वास्ता किसी भूतिया एक्टिविटी से हुआ, तो उससे मिलने का सोचकर मैंने अपने पैरों पर ही कुल्हाड़ी न मार ली हो। डर और हौसले के मिले-जुले एहसास के साथ मैंने मोबाइल की स्क्रीन ऑन करके यहाँ वहाँ घुमाई और देखने की कोशिश की। जब कोई नहीं दिखा, तो आवाज़ लगाई, ''मीरा... मीरा...।''

''मैं यहाँ हूँ दीदी,'' घर के आख़िरी कोने से मीरा की दबी हुई-सी आवाज़ आई। मैं वहाँ पहुँची तो एक खटिया दिखी। उस पर लेटी मीरा और छाती से चिपकी उसकी दूध पीती बेटी। खटिया और उस पर बिछी चादर जितनी फटेहाल थी, मीरा उससे ज़्यादा फटेहाल लग रही थी। लगा जैसे किसी ने कपड़े को निचोड़कर, फटकारे बिना ही बिछा दिया हो। कुछ-कुछ वैसी ही सलवटें मीरा के शरीर पर मुझे दिखाई दीं।

''तू ठीक तो है न... दो दिन से काम पर नहीं आई, फ़ोन भी बंद है!'' मैंने उस कमरे में बनी छोटी-सी खिड़की के पाटों को खोलते हुए कहा, ''ये अँधेरे में क्यों लेटी है?''

''बस थोड़ा बीमार हूँ दीदी,'' उसने बहुत ताक़त लगाने के बाद इतने

शब्द बमुश्किल मुँह से निकाले। मैंने छूकर देखा तो बदन तप रहा था। आँखें इतना अंदर घुसी हुई थीं कि पूरा बाहर निकलने में शायद महीनों लग जाएँ। पतली-सी साड़ी से ढँकी उसकी छाती पर उभार के नाम पर सिर्फ़ पसलियाँ धुँधली-सी नज़र आ रही थीं, जिसमें से दूध निकालने की जद्दोजहद में उसकी बेटी कभी मीरा को नोचती थी, कभी रोकर ख़ुद ही चुप हो जाती थी। पता नहीं उसे कुछ मिल भी रहा था या नहीं या सिर्फ़ स्पर्श से पेट भर रही थी। मीरा का साँवला रंग और गहरा होकर उसके घर की दीवारों से मेल खाने लगा था। अगर खिड़की न खोली होती, तो मुझे उसे ठीक से देख पाने में मुश्किल होती। खिड़की से आ रहा हलका उजाला शायद उसकी आँखों में चुभ रहा था, इसलिए मेरी मौजूदगी में भी उसने आँखें बंद कर रखीं, बजाय मेरी तरफ़ देखकर मुझसे बात करने के।

"तूने डॉक्टर को दिखाया?" मैंने क़रीब से उसकी नाज़ुक हालत का जायज़ा लेते हुए पूछा।

"न डॉक्टर की दवाइयाँ मेरी बीमारी में असर कर सकती हैं, न डॉक्टर को मेरी बीमारी समझ आ सकती है," उसने फिर अपने उसी अंदाज़ में कहा और हमेशा की तरह हँस दी। उस वक़्त उसकी हँसी में न वो खनक थी, न ही बंद आँखों में मैं उसकी पुतलियों में चमकता जुगनू देख पाई, बस एक रहस्य भर महसूस किया जो हर बार होता है। मैं कुछ और पूछती कहती, उससे पहले ही उसका पति आ गया। किसी धुन में चला आ रहा था, मुझे देखकर सकपकाया और कोने में ही नीचे बैठ गया।

"ये तेरे अब तक के काम के पैसे हैं और थोड़े-से अपनी तरफ़ से दे रही हूँ। इसे दारू में उड़ाने मत देना, अच्छे डॉक्टर को दिखाकर ठीक से इलाज करवा लेना," बातचीत को ख़त्म करते हुए मैंने मीरा से कहा।

"मैं कुछ दिन बाद फिर आऊँगी इससे मिलने, अगर इसे कुछ भी परेशानी हुई तो पुलिस में शिकायत करूँगी," जाते वक़्त मैंने धमकी भरे लहज़े में उसके पति से कहा।

उसके पति ने मेरी बात का जवाब सिर हिलाकर और नज़रें झुकाकर दिया। आने से पहले मेरा हाथ अपने आप मीरा के माथे को सहलाने मचला।

उसके सिर को सहलाकर लगा जैसे मैं अपनी मौजूदगी वहाँ छोड़कर जा रही हूँ। जब हम बीमार होते थे, माँ हर वक़्त गोद में सिर रखकर सहलाती रहती थीं। अगर हालात इजाज़त देते तो मैं भी उस वक़्त मीरा के लिए वही करती, लेकिन मुझे जाना पड़ा। उस दिन घर आकर मैंने इस उम्मीद में मीरा और उससे जुड़े फिजूल सवालों को ज़ेहन से निकाल दिया कि वो शायद किसी बड़ी बीमारी से परेशान है। कल जाऊँगी तो उसे किसी बड़े डॉक्टर के पास ले जाऊँगी। उस दिन मीरा को लेकर ग़लत ख़्यालों से भले मैं आज़ाद हो गई, लेकिन पूरा दिन मुझे उस बदहाल खटिया पर बेज़ार-सी मीरा ज़रूर दिखती रही। वह दिन बीत गया। अगले दिन किस डॉक्टर के पास उसे ले जाना है, इस ख़्याल से एक और सुबह भी हो गई।

मैं तैयार होकर उसके घर के बाहर पहुँची ही थी कि भीड़ देखकर धड़कन तेज़ हो गई। अंदर पहुँची, तो मीरा ज़मीन पर पड़ी थी। उसके मुँह से झाग निकल रहा था और उसकी बेटी अपनी माँ को सोया हुआ समझकर उसकी उघड़ी छाती में दूध ढूँढ़ रही थी। बग़ल में उसका पति माथा पकड़े बैठा था। मेरा मन लपककर उसकी बेटी को उठाने का किया, लेकिन हिम्मत नहीं हुई। मैं घबराकर बाहर निकल आई। बाहर निकलकर मैं किसी से कुछ पूछती उससे पहले ही उसके पड़ोसियों की आवाज़ें कान में पड़ीं,

"पति और ससुर, दो-दो मर्दों को कैसे झेलती!"

"हज़ार बार मारा होगा मीरा के आदमी ने उसे, फिर भी मौक़ा पाकर छोड़ता नहीं था।"

"लुगाई मर गई थी तो बहू को जोरू समझता था।"

मैं और ज़्यादा नहीं सुन पाई और भागकर गाड़ी में बैठ गई। मेरे होंठ काँप रहे थे, आँखें भीग चुकी थीं। सुबह की उगती धूप थी, लेकिन मन स्याह हो चुका था। उसकी ख़ामोशी के पीछे इतनी बड़ी तकलीफ़ छुपी थी। उसकी लाइलाज बीमारी का कारण, उसकी पहेलीनुमा ज़िंदगी, उसकी रहस्यमय हँसी और हालात की आग में ख़ुद को झोंक देने की मजबूरी का एहसास होते ही आत्मग्लानि ने मेरे मन को और आँसुओं ने मेरे गले को अपनी चपेट में ले लिया।

गुनहगार कौन

"आँच अगर तेज़ हो तो जला देती है और धीमी हो तो बना देती है।" न जाने कहाँ ये जुमला सुना था, उस वक़्त पता नहीं था कि किसी दिन मैं भी इस दौर से गुज़रूँगी। हाल-फ़िलहाल के हालात तो यही कहते हैं कि मैं तेज़ आँच की एक पारी खेल चुकी हूँ, अब धीमी आँच पर ख़ुद को बनाने की दूसरी पारी खेलने वापस लौटी हूँ। जिस इंसान ने सालों पहले मेरी ज़िंदगी को यह मोड़ दिया था, कल रात फिर उसी इंसान की बदौलत मेरी ज़िंदगी यू-टर्न लेकर वापस चल पड़ी है। दोनों ही मर्तबा हम ऐसे हालातों में एक-दूसरे के आमने-सामने थे, जहाँ न नज़रें मिला सकते थे, न मुस्क़रा सकते थे।

पिछले सात सालों से गुज़र रही हर बेआबरू रात की तरह कल रात भी मेरे लिए वन-नाइट स्टैंड की एक रात थी। किसी लड़के की बैचलर्स पार्टी की मैं ख़ास मेहमान थी। बड़े शहरों में जहाँ बैचलर्स पार्टी किए बिना लड़के मंडप में नहीं बैठते, वहाँ मेरी जैसी लड़कियाँ अनपढ़ होते हुए भी अच्छा कमा

लेती हैं। जाँघों तक का काला स्कर्ट और आधा सीना दिखाता लाल चटख़ टॉप पहने मैं, होने वाले दूल्हे की गोद में बैठी थी। उसके दोस्त हँसी-ठिठोली करके कभी मुझे छेड़ते थे, कभी उसे। सबकुछ ठीक चल रहा था और चलता रहता, फिर एक रात मेरी जेबें भरके बीत जाती, अगर वो... 'सागर' न आता तो। दूल्हा उसका दोस्त निकला, दोनों एक ही कंपनी में काम कर रहे थे। मेरे लिए वह बात कुछ सपने जैसी और कुछ अपच थी, कि छोटे शहर की एक गंदी-बदबूदार तंग गली से निकला लड़का सात सालों में एक बड़ी कंपनी में नौकरी करने लगेगा और एक दिन सीना तानकर सामने खड़ा होगा।

जिसकी बदौलत मैं सालों पहले अपना घर, अपने लोग और अपने आपको छोड़ने पर मजबूर हुई, जिसकी बदौलत मैं एक गटर से निकलकर दूसरे गटर में पहुँच गई, आज उसके सामने आते ही मैं इतना क्यों घबरा गई।

पार्टी ख़त्म होने के बाद जब मैं जाने लगी, तो वह मुझे छोड़ने आया। नफ़रत कह लो या चुभन, लेकिन मैं अकेले में उसका सामना नहीं करना चाहती थी, फिर भी वह आया। पूरी पार्टी के दौरान जब उसने शराब का एक भी गिलास हाथ में नहीं लिया, तभी मैं समझ गई थी कि मुझसे शिकवे-शिक़ायतें करने के लिए वह होश में रहना चाहता है।

"तुम यहाँ कैसे?" सोसाइटी पार्क में बेंच पर बैठे हमने जब ख़ामोशी से बहुत वक़्त गँवा दिया, तो उसने ख़ामोशी तोड़ते हुए कहा।

मुझे ख़ामोश देखकर उसने अगला सवाल पूछा, "तुम तो बाले के साथ.. मेरा मतलब है तुम दोनों तो एक-दूसरे के साथ..."

आगे 'भागी थी' कहने में उसे आज भी झिझक महसूस हो रही थी। काग़ज़ी तलाक़ नहीं हुआ था हमारा। उस लिहाज़ से तो मैं आज भी उसकी पत्नी ही हूँ, शायद इसलिए।

"जिसकी क़िस्मत में मोहब्बत और इज़्ज़त से ज़िंदगी जीना न लिखा हो, उसे ऐसे ही गुज़ारा करना पड़ता है। बेच गया था वह मुझे यहाँ लाकर।" मैं कहना तो यह भी चाहती थी कि तुमने अगर धोखा न दिया होता, तो आज मैं सिर्फ़ तुम्हारी होती, अब देखो न जाने किस-किसकी हो चुकी हूँ।

"मैंने तुम्हारे साथ जो किया उसकी टीस आज भी मन में चुभती है सना, लेकिन सच्चाई बाहर आने के बाद मोहल्ले वालों ने मुझे भी वहाँ चैन से नहीं जीने दिया। कुछ लोगों ने तो हिजड़ों को ख़बर कर दी थी कि मुझे अपने साथ ले जाएँ, बड़ी मुश्किल से जान बचाकर भागा था, तबसे अब तक घर नहीं गया।"

उसकी आँखों में आज भी वही शरम है जो उस रात थी, उतनी ही तकलीफ़ में भीगे आँसू हैं जो उस रात थे। कभी-कभी लगता है, ये मेरा गुनहगार था भी या नहीं, या शायद हम दोनों को क़िस्मत ने एक साथ छला?

"मैं न सिर्फ़ बाबा से डरता था बल्कि अपनी सच्चाई सामने आने से भी बहुत डरता था, इसलिए तुम्हें पहले कुछ नहीं बता पाया... हो सके तो मुझे माफ़ कर देना।" इतना कहकर वह उठकर चला गया। मुझे कुछ कहने का मौक़ा दिए बिना। मैं कुछ कहना चाहती भी नहीं थी। जाते वक़्त मेरे हाथ पर अपना हाथ ज़रूर रखा था और साथ में अपना कार्ड भी।

मैं बहुत देर तक उसी बेंच पर बैठी रही। सालों की टीस आज कुछ कम चुभती महसूस हो रही है। जहाँ से चली थी वापस वहीं पहुँच पाना तो अब संभव नहीं, लेकिन उसने आज माफ़ी माँगकर कई ज़ख़्मों पर मरहम लगाई है; कुछ ज़ख़्म अब भी बाक़ी हैं। कुछ मेरे भीतर और कुछ भैया के सीने में दफ़न होंगे। हिम्मत जुटाकर अब उन पर भी मरहम लगाने की कोशिश करनी होगी। भाग-भागकर थक गई हूँ उन सब तकलीफ़ों से। सात साल बीत गए हैं। उनकी ज़िंदगी में तो शायद मेरा वजूद भी ख़त्म हो गया होगा, यदि होगा भी तो कड़वा होगा, तीखा होगा और उन्हें चुभता भी होगा। "मुझे उस वजूद की कड़वाहट कम करने की एक कोशिश तो करनी ही चाहिए", यह ख़्याल आते ही मैंने घड़ी देखी। रात बीत चुकी है। सूरज उगने में कुछ ही वक़्त बाक़ी है और उस ट्रेन के छूटने में भी जो मुझे उस मंज़िल तक ले जाएगी, जहाँ जाने का इरादा मैं आज इतने सालों में पक्का कर पाई हूँ।

जानती हूँ, मेरी सच्चाई जानकर भैया शायद मुझे मार डालेंगे, फिर भी हिम्मत करके एक दिन के सफ़र के बाद मोहल्ले तक तो पहुँच गई हूँ। इसके आगे क़दम बढ़े नहीं, इसलिए गली के नुक्कड़ पर बने शिवमंदिर

के चबूतरे पर कपड़े से मुँह ढककर बैठी हूँ कि कोई जानने वाला मेरी असलियत न पहचान ले। यह वही शिवमंदिर है जिसमें सालों तक मैंने सावन सोमवार करके मनचाहे वर की ख़्वाहिश में व्रत-उपवास किए थे। मिला भी था मनचाहा वर, लेकिन वक़्त कहूँ या क़िस्मत, सागर मिलकर भी मेरी ज़िंदगी का उतना ही बड़ा भरम निकला, जितना बड़ा भरम मैंने बचपन से उसके मिलने का पाल रखा था। शहर के गंदे नाले के किनारे बसी मज़दूरों की रिसती छतों वाली गली में हम दोनों ही सबसे क़ाबिल माने जाते थे। मैं दिखने में सबसे सुंदर और वह पढ़ने में अव्वल। मेरे घर से गली शुरू होती थी और उसके घर पर ख़त्म, फिर भी कभी-कभार की मुस्कराहट के अलावा हमारे बीच कभी बातों का कोई लेन-देन नहीं हुआ था। बहुत ही घर-घुस्सू टाइप का लड़का था, न कोई दोस्त, न यार और न महबूबा। हाँ, बस पढ़ने में बहुत होशियार था। अकेला लड़का था मोहल्ले का जो मोहल्ले के ही एक फट्टी-छाप स्कूल को छोड़कर अँग्रेज़ी स्कूल में पढ़ता था। पढ़ने को मैं भी पढ़ सकती थी लेकिन अम्मा-बाबा के गुज़र जाने के बाद जब खाने के लाले पड़े, तो भैया को लगा कि जो पैसा आता है उसमें से कुछ बचाकर मेरी शादी के लिए जोड़ना ज़्यादा ज़रूरी है, बजाय मुझे पढ़ाने के। पाँचवीं पास करते ही भैया ने मुझे घर के काम सिखाने शुरू कर दिए थे। थोड़े सख़्त मिज़ाज थे, लेकिन मुझे चाहते भी बहुत थे। उनकी सख़्ती की एक वजह शायद यह भी रही होगी कि अम्मा-बाबा के बाद मैं ही उनका परिवार थी। किसी दिन किसी वजह से मुझे भी न खो दें, इसलिए मुझे घर में बंद ही रखते थे। उनके बग़ैर कहीं आने-जाने की आज़ादी नहीं थी।

"सना, आज स्कूल से अकेले क्यों आई... मैं आ रहा था न लेने", "सूट सिलाने कोई अच्छी लेडीज़ टेलर नहीं मिली क्या, ये कैसे गंदे सूट बनवाए हैं", "तू बहुत दिन से चाट खाने का बोल रही है, आज शाम को ले चलूँगा", "सना, सहेलियों के साथ यूँ फालतू बाज़ार में घूमने का कोई मतलब नहीं, आजकल लड़के बहुत लफंगे हो गए हैं", "मोहल्ले के लड़कों से हँसी-ठट्ठा करने की कोई ज़रूरत नहीं है, स्साले मुँह पे हँसते हैं और पीठ-पीछे बातें बनाते हैं"... बचपन में तो मुझे भैया की इन बातों में उसका प्यार और परवाह दिखती थी, लेकिन बड़ी होते-होते न जाने क्यों ये प्यार

और परवाह बेड़ियाँ लगने लगे। शंकर जी से अच्छे वर के साथ-साथ मैं भाई की बेड़ियों का तोड़ भी माँगने लगी; जो एक दिन ख़ुद भैया ने मुझे लाकर दे दिया, सागर से मेरी शादी तय करके। मोहल्ले के आख़िरी छोर पर रहने वाले इस लड़के से मेरी कभी आमने-सामने बात तो नहीं हुई थी, लेकिन क्योंकि हम दोनों ही मोहल्ले में सबसे क़ाबिल थे, इसलिए हमारा जोड़ तो बनता था, भले ऐसा सिर्फ़ उसके घरवालों को लगता था। फिर उसका घर, उसके घरवाले मोहल्ले वालों से थोड़े अलग भी थे। उसका बाप भी था तो मज़दूर ही, लेकिन उनके घर के हालात उतने ही पैसों में हमसे बेहतर कैसे हैं यह मैं अक्सर भैया की गालियों में, उनके दोस्तों के साथ होती बातों में सुनती थी। भैया के किसी दोस्त ने मेरी और सागर की शादी का प्रस्ताव सागर के घरवालों के सामने रखा था। उस वक़्त सागर डिग्री कॉलेज से बीएससी कर रहा था। जाने क्या सोचकर उसके घरवालों ने मेरे लिए हाँ की थी, वरना मुझे तो उम्मीद नहीं थी कि इतने पढ़े-लिखे लड़के के लिए वो उसी मोहल्ले की एक अनपढ़ लड़की चुनेंगे, सुंदर हुई तो क्या हुआ।

सागर क्या चाहता था यह जानने-पूछने का मौक़ा दिए बिना, बड़ी धूमधाम से हमारी शादी की गई थी। मेरी पढ़ाई में कटौती कर-करके भैया ने जो पैसे बचाए थे उससे मेरे लिए ग्यारह साड़ियाँ और एक चाँदी का सोना चढ़ा सेट भी बनवाया था। पूरा सोने का भी बनवा देते शायद, अगर सागर को मोटर-साइकिल और उसकी आगे की पढ़ाई के लिए नक़द रुपया न देना होता।

शादी के दिन मुझे कुछ-कुछ समझ आ गया था कि उन लोगों ने अपने बेटे के लिए मुझे क्यों चुना। और शादी की रात मेरी आँखों से सारे परदे हट गए।

रसोई से सटे हुए कमरे में जिसे गेंदे के फूलों से सजाया गया था, मैं बिस्तर पर बैठी थी। लाल रंग का लहँगा पहने, जिसे मैंने मोहल्ले की एक पार्लर वाली से किराए पर लिया था, मैं उस इंसान का इंतज़ार कर रही थी जिससे मैंने अब तक बात भले न की हो या यूँ कहूँ कि भैया ने न करने दी हो, लेकिन कनखियों से देखा हर रोज़ है। अपने मोहल्ले के साथ-साथ जो अगल-बग़ल के मोहल्लों में भी सबसे ज़्यादा पढ़ा और सुंदर हो, जिसके चर्चे मोहल्ले की हर लड़की करती हो, उसकी बीवी बनकर मैं उसके बिस्तर

पर ख़ुद को उसे सौंपने के इंतज़ार में बैठी थी। पलंग से सटे हुए स्टूल पर दूध का गिलास रखा था, छप्पर वाली छत से लटका पंखा जितनी तेज़ी से चल रहा था उतनी ही तेज़ी से घाँय-घाँय की आवाज़ भी कर रहा था। "अच्छा है रात को कोई आवाज़ बाहर नहीं जाएगी" इस ख़्याल पर मैं अंदर ही अंदर मुस्कराई, फिर शरमाई और अपने लहँगे का घेर ठीक करने लगी।

जब इंतज़ार के बाद मेरी पलकें थकने लगीं तब वह आया। मैंने फिर सतर्क होकर अपना लहँगा और घूँघट ठीक किया। उसने भी कपड़े नहीं बदले थे, किराए की शेरवानी पहनकर घूम रहा था। "कहीं दाग़ लग जाता तो पैसे कटते, लड़कों को कपड़े संभालने की अक़्ल तो होती नहीं", मैं अपने ही ख़्यालों पर मुस्कराई। मुझे मुस्कुराता देख वह झिझक गया था। फिर पलंग के किनारे पर बैठकर उसने वो बात कही थी; वो बात जिसने न सिर्फ़ मुझे अपनी क़िस्मत को कोसने पर मजबूर कर दिया था, बल्कि कुछ पलों के लिए बेहोश कर दिया था। क्या कोई और नहीं मिला था उसे मश्क़-ए-सितम के लिए जो उसने सुहागरात के दिन ही ज़हर के बुझे तीर मुझ पर फेंक मारे थे यह कहकर, "देखो सना, हमारी शादी तो हो गई, लेकिन मैं तुमसे माफ़ी माँगना चाहता हूँ। घरवालों ने शादी से पहले तुमसे खुलकर बात करने का मौक़ा ही नहीं दिया, वरना मैं तुम्हें पहले ही बता देता कि मैं... मैं तुम्हें पति होने का सुख नहीं दे पाऊँगा।"

लफ़्ज़ों की गरम-गरम चोटें मारकर वह तेज़ क़दमों से कमरे से बाहर निकल गया था। दरारों और छेदों से भरा लकड़ी का दरवाज़ा उसके जाने के बाद कुछ देर तक चर्र-चूँ करके हिलता रहा था। पूरी रात बदहाली के हाल में पड़ी रही मैं किसी से कुछ कह-सुन पाने की हालत में नहीं थी। बहुत क़रीबी और चतुराई से छली गई थी। समझ आ रहा था कि वह घर-घुस्सू क्यों था। मोहल्ले में उसके परिवार के साथ किसी का मेल-जोल क्यों नहीं था। अगली सुबह जब काली रात के बीत जाने का होश आया, तो उसी लहँगे में उजड़ी हालत लेकर मैं भैया के दरवाज़े पर खड़ी हो गई। फिर वही हुआ जो लोअर ग्रेड के मोहल्लों में होता है। थोड़ी चिल्ला-चोट, थोड़ी मार-पीट, थोड़ा धोखाधड़ी का आरोप... और आख़िर में मुझे समझा-बुझाकर ससुराल वापस भेज दिया गया। भैया का कहना था कि लड़के ने मेरे साथ कुछ नहीं

किया ये कौन यक़ीन करेगा जबकि मैं उसके साथ एक रात गुज़ार चुकी हूँ...।" इसके आगे जो वे नहीं कह पाए थे वह मैं ख़ुद ही समझ गई थी कि किसी और का जूठा कोई आसानी से नहीं खाता, फिर हम तो ग़रीब थे, हमारा जूठा कौन खाता! पढ़ी-लिखी तो थी नहीं जो कहीं नौकरी करके पेट पालती, भाई भी कब तक मेरा बोझ उठाते। नतीजतन, अपने माथे से जूठे का दाग़ मिटाने के लिए मुझे दूसरों के घर जूठे बर्तन साफ़ करके अपना पेट तब तक पालना पड़ता, जब तक मुझे स्वीकारने वाला कोई और न मिल जाता। इसलिए मेरी बेहतरी इसी में है कि मैं उसी घर वापस चली जाऊँ। शारीरिक सुख में क्या रखा है, बाक़ी लड़का पढ़ा-लिखा है। अच्छा कमाएगा और ख़ूब ऐश करवाएगा। ये बातें मेरे ज़ेहन के साथ-साथ कुछ दिनों में मोहल्ले वालों की ज़ुबान पर भी थीं।

मोहल्ले की पंचायत भी बैठी थी, लेकिन नतीजा कुछ नहीं निकला। मुझे वापस उसके घर भेज दिया गया। मेरे लिए वह घर उस काली जेल की तरह था, जिसमें रहकर मुझे अपनी ज़िंदगी के साल गुज़ारने थे। जहाँ मुझे पता था कि ताउम्र मुझे स्त्रीत्व का सुख नहीं मिलेगा। मिलेगी तो बस अपनी तनहा राजधानी में अकेले राज करने की सज़ा। आदमी होती तो कहीं बाहर जाकर अपने होने का सुख भोग आती, लेकिन औरत थी, ऐसा करने की सोच भी मेरे और मेरे घरवालों के मुँह पे कालिख पोत देती। बहुत महीनों की जद्दोजहद के बाद वही हुआ जो शायद ऐसे हालात में सबके साथ होता है, एक्स्ट्रा मैरिटल अफ़ेयर। वह दूसरे मोहल्ले का लड़का था, 'बाले'। वही वह वक़्त था जब ख़ुद को जला देने वाली आग पर मैंने अपने क़दम बढ़ाए थे, उसके साथ घर से भागकर। भागी तो यह सोचकर थी कि किसी दूसरे शहर में जाकर फिर से अपना आशियाना बनाऊँगी, लेकिन होश आया तो ख़ुद को दलालों के बीच पाया। तब से लेकर आज तक अपनी दलाली कर रही हूँ, पहले ज़ोर-ज़बरदस्ती से की, फिर उसे ग़रीबी और मजबूरी का नाम देकर क़ुबूल कर लिया है। शायद हमेशा इसी नक़ली लिबास में लिपटी रहती, अगर कल रात सागर से मुलाक़ात न हुई होती और मन में एक बार फिर भाई से मिलने की, अपने घर वापस लौट जाने की, इस दलदल से बाहर निकल जाने की ख़्वाहिश न जगी होती।

शिवमंदिर के पुजारी ने तीसरी बार आकर पूछा, ''कोई परेशानी है बेटी'' तो मैं समझ गई कि अब मैं कुछ और देर यहाँ बैठकर अतीत के पन्ने नहीं पलट पाऊँगी। अब घर की तरफ़ क़दम बढ़ाने होंगे, जाकर देखना होगा कि मेरा भाई सात साल बाद अपनी बहन को गले लगाता है या धक्के देकर घर से निकाल देता है।

घर पास आते-आते मेरे मन की घबराहट बढ़ने लगी। ''पता नहीं भैया कैसे मिलेंगे... मिलेंगे भी या नहीं... देखते ही दरवाज़ा बंद कर दिया तो... ?'' न जाने कितने ही सवालों के साथ मैं धीमे क़दमों से घर के दरवाज़े पर खड़ी हो गई। सात साल पहले जिस दरवाज़े ने मुझे अकेला कर दिया था, उसी दरवाज़े पर फिर अपनी क़िस्मत आज़माने आई हूँ, रिश्ते ढूँढ़ने आई हूँ।

''सात सालों में बहुत कुछ बदल गया है। गंदे नाले का मुँह बंद हो गया है, घर की मरम्मत हो गई है। दरारों से भरे दरवाज़े अब कत्थई रंग से चमक रहे हैं। घर की बाहरी दीवारें बता रही हैं कि हालात अब पहले-से नहीं। अब ग़रीबी के बादलों की रंगत बदल गई है। एक बार लगा कि क़दम मोड़ दूँ, वापस चली जाऊँ, न अपनाया तो फिर उसी दलदल में जाते हुए मौत आ जाएगी। फिर लगा कि ख़ून के रिश्ते इतनी जल्दी फीके नहीं पड़ते। वे मुझे ज़रूर अपनाएँगे, मेरी तकलीफ़ों को सहलाएँगे और बीते सालों में जो घाव मुझे लगे हैं उन पर मरहम ज़रूर लगाएँगे। यही सोचकर दरवाज़ा खटखटा दिया।

''जी कहिए ?'' उम्मीद भाई की थी, लेकिन अंदर से किसी औरत ने दरवाज़ा खोला। देखकर अंदाज़ा हुआ कि शायद भाई ने शादी कर ली है। ''जी वो राम भैया,'' मैंने झिझकते हुए पूछा।

''तुम शायद सना हो,'' उस महिला ने मुझसे कहा, फिर मेरी आश्चर्य से भरी निगाहों को देखकर ख़ुद ही आगे बोली, ''मैं तुम्हारी भाभी हूँ, आओ-आओ अंदर आओ।'' हज़ारों सवाल और तेज़ धड़कते दिल के साथ मैंने अपने घर में क़दम रखा। वह घर जिसकी मिट्टी की दीवारों और टपकती छत से कभी हमारे बेज़ार हालात दिखते थे, अब पक्की दीवारों और कंकरीट की छत से अपने बदले हालात बयान कर रहा था। कभी जहाँ एक ही टेबल फैन

की हवा कभी मेरी तो कभी भैया की तरफ़ घूमती थी, आज वहाँ हर कमरे में कूलर लगा है। पत्थर की अलमारियों में अब प्लास्टिक रेग्जीन बिछ गई है और उसमें भैया-भाभी की शादी की तस्वीरें लगी हैं। तार वाली कुर्सियों की जगह अब तीन कुर्सी वाले सोफ़े ने ले ली है। ये सब भाभी के साथ दहेज़ में आया है या भैया की मेहनत है मालूम नहीं, लेकिन अपने फटे हालात का एक मुकम्मल मुक़ाम देखकर बहुत ख़ुशी हुई। बस, तकलीफ़ इस बात की थी कि भैया की शादी में मैं मौजूद नहीं थी। माँ-बाप के बाद जब सिर्फ़ भाई ही सरपरस्त हो, तो लगता है कि उससे जुड़ी हर ख़ुशी, हर गम में शामिल हों। मैंने ये हक़ ख़ुद ही गँवाया था।

वक़्त हर घाव भर देता है, इसका एहसास मुझे भाभी की बातों से हुआ। भैया की नाराज़गी शायद अब कम हुई होगी, तभी तो भाभी मेरे बारे में जानती हैं। वो मुझे देखते ही पहचान गईं, मुझसे हँसकर बात की, घर में बुलाया। अगर भैया मुझसे नाराज़ होते तो भाभी को मेरे बारे में कभी न बताते, कह देते कि मैं ज़िंदा ही नहीं हूँ।

घर के बदले रूप का मुआयना करते वक़्त मेरी नज़रें भैया को भी ढूँढ़ रही थीं। भीतर के कमरे से निकलकर कब वे मेरे सामने आ जाएँगे, कैसे उनका सामना करूँगी, यही सोचते-सोचते क़दम अंदर की तरफ़ बढ़ गए। इतना कुछ बदलने के बाद भी घर में बहुत कुछ नहीं बदला था। भीतर के कमरे में जहाँ पहले एक लोहे का पलंग और पुराना ब्लैक-एंड-वाइट टीवी रखा रहता था, वहां अब भैया का डबल-बेड और नया कलर टीवी आ गया है। हाँ, चौक में कैरम अब भी वैसा ही रखा है, गोटियाँ भी आधी गड्ढों में और आधी बोर्ड पर फैली हुई हैं। कितना ग़ुस्सा करती थी मैं इस बात के लिए भैया से कि गोटियाँ डिब्बे में भरकर रखा करिए। उन्होंने मुझ पर घर से बाहर की पाबंदियाँ ज़रूर लगा रखी थीं, लेकिन घर के भीतर कभी ताश तो कभी कैरम खेलकर, वे मेरे साथ समय ज़रूर बिताते थे। ये कैरम भी बाबा के ज़माने का है। कमरे के ख़ाली कोनों में पड़े टूटे सामान की जगह अब क़रीने से सजे हुए फ्लावर पॉट इतरा रहे हैं। ग़रीब की खोली अब मध्यम वर्गीय घर बन गई है।

"वे अब भी कभी-कभी तुम्हारी पसंद की मिस्सी रोटी और मिर्ची लूंजी

बनाते हैं, कभी मुझे नहीं बनाने देते।'' मुझे रसोई में बचपन की बिखरी यादों को समेटते देखा तो भाभी ने कहा। वक़्त की बदहाली में जब हमारे पास महँगी दाल और सब्ज़ी ख़रीदने के पैसे नहीं हुआ करते थे, तब भैया चक्की से बचा हुआ आटा-बेसन मिलाकर ख़रीद लाते थे और सिर्फ़ मिर्च की लूंजी बनाकर हम दोनों अपना पेट भर लेते थे।

मेरी आँखों के कोने नम होने लगे हैं। भाभी से बातें करने का और मन नहीं है, बस, भैया से मिलने की बेचैनी है। खाना खाकर सोफ़े पर ही सिरहाने तकिया रखकर लेट गई। ख़्यालों में भैया की छवि बनाने लगी। कैसे दिखते होंगे अब। अब भी वैसी ही घनी दाढ़ी-मूँछें रखते होंगे या भाभी के कहने पर चिकने हो गए होंगे। जब मैं यहाँ थी तब भैया अक्सर कहते थे, ''माँ-बाबा होते तो मैं एक बार अपनी क़िस्मत आज़माने मुंबई ज़रूर जाता।'' वे जब कहते थे तब तो मैं हँस देती थी, फिर ख़ुद भी वही सोचती थी कि छह फ़ुट लंबा, साँवला, बाँका-सजीला किसी हीरो से कम तो नहीं लगता। अब पता नहीं सैंतीस की उमर में शायद उनके आगे के बालों में कुछ सफ़ेदी चमक आई हो; मुझे यक़ीन है कि उन्होंने अपनी सफ़ेदी रंग ली होगी। उन्हें बूढ़ा दिखना क़तई पसंद नहीं था। उनकी आँखों में अब भी उतना ही रौब और आवाज़ में उतना ही दबदबा होगा; जिससे मैं थर-थर काँपती थी। हो सकता है भाभी के आने के बाद उनके मिज़ाज में कुछ नरमाई आई हो। माँ-बाबा होते तो न हमारा घर जर्जर होता और न ही शक्ल-सूरत ऐसी होती, जिसे देखकर कोई कहता कि हम ग़रीबों की इस बस्ती से हैं। मैं ख़ुश हूँ कि अब भैया ने हालात को क़ाबू करना सीख लिया है।

''ये अब यहाँ क्या लेने आई है! इसे लगता है जो धंधा ये वहाँ कर रही है वह यहाँ किसी से छुपा होगा; मेरा बस चले मैं इसे जान से...''

''आहिस्ता बोलिए,'' भाभी उन्हें समझा रहीं थी। शायद औरत होने के नाते।

मैं सोफ़े पर भैया के बारे में सोचते-सोचते कब सोई, उसी बीच भैया भी दबे क़दम कब घर में घुसे, पता नहीं चला। आँख खुली तो वे शब्द कानों में पड़ रहे हैं, जिनकी उम्मीद तो थी लेकिन मन स्वीकार नहीं रहा था।

"जाने ऐसी क्या आग लगी थी बदन में कि एक अच्छा-भला इंसान छोड़कर धंधा करने लगी। अब देख वह शहर में पचास हज़ार महीना कमा रहा है।" कही तो ये बातें भैया ने पहले भी कई बार होंगी या सोची होंगी, लेकिन मेरी मौजूदगी में शायद अपने अंदर के ज्वालामुखी को फटने से आज रोकना नहीं चाहते हैं।

मैं चाह रही थी कि अंदर जाऊँ, उनसे बात करूँ, उन्हें सब बताऊँ कि ऐसा मैंने चाहा नहीं था, बस क़िस्मत ने करवा दिया। उनके गले लगकर रोऊँ, उन्हें अपने गले लगके रोने दूँ और हम दोनों मिलकर अपने अंदर दबे ग़ुबार को, जो सालों से दबा है, आज निकल जाने दें। मैं उठती, उससे पहले ही भैया कमरे से बाहर निकले। मैं आँखें मूँदे पड़ी रही। उन्होंने पुरज़ोर दहाड़ते हुए कहा, "हमें अपनी नस्लें इसके नाम के साथ जोड़कर बर्बाद नहीं करनी, कह देना इससे जिस गटर से आई है, उसी में वापस लौट जाए।" शब्द ख़त्म होने के बाद घर का दरवाज़ा ज़ोर से बंद हुआ और भैया के साथ उम्मीद भी ओझल हो गई।

सिरहाने रखा तकिया अब तक मेरे आँसुओं से भीग चुका है। मैंने अपना बैग उठाया और फिर से मुँह पर कपड़ा बाँधकर घर से निकल गई, भाभी ने न रुकने को कहा न चले जाने को। मेरे अरमानों का जर्जर मकान जिस पर मरम्मत करके मैंने बड़ी चतुराई से नया किया था, एक बार फिर ढह गया। मैं बिखर कर ज़हर खाकर मरने का मन बनाकर घर से निकल गई।

किसी मेडिकल स्टोर पहुँचती, उससे पहले मोबाइल बजा। सागर का फ़ोन था, उसके कार्ड से मैंने उसका नंबर सेव कर लिया था, लेकिन मैंने तो उसे अपना नंबर दिया ही नहीं था। मैंने फ़ोन काट दिया, अब मरने से पहले क्या शिकवे-शिक़ायत करूँगी। फ़ोन काटते ही फिर बजा, इस बार मेसेज था, सागर का, पढ़ने लगी तो क़दम डगमगा गए, "सना, मैं तुम्हारा गुनहगार हूँ, तुम्हें जिस गर्त में मेरी वजह से जाना पड़ा उसका प्रायश्चित्त करना चाहता हूँ, एक मौक़ा दोगी, मुझसे शादी करके ?"

चलते-चलते मैं लड़खड़ाकर वहीं बैठ गई। देखा फिर शिवमंदिर के चबूतरे पर हूँ। मन भारी है और शरीर का बोझ उठाने के लिए पैर राज़ी नहीं

हैं। चाहती थी कि सीता मैया की तरह यहीं धरती फटे और मैं उसमें समा जाऊँ, लेकिन मुझे मेरे राम ने पुकार लिया था; अब मेरी एक 'हाँ' हम दोनों को ही इज़्ज़त भरी ज़िंदगी लौटा सकती है, वो इज़्ज़त जिसके मायने सिर्फ़ तभी तक हैं जब तक हम घर की दहलीज़ नहीं लाँघते और दुनिया के सामने अपने असल रूप को छुपाने में कामयाब रहतें हैं।

सत्तरवें साल की उड़ान

"काकू यहाँ से, वह गाड़ियों के लिए है।" वे दूसरी तरफ़ जाने लगीं तो मैंने उनका हाथ पकड़ा और उन्हें पैदल चलने वाले रास्ते पर ले आई। रास्ते से हटते ही हॉर्न दे रही गाड़ियाँ स्पीड से निकलीं और सीधे मॉल के गेट के सामने जाकर रुकीं। काकू अपलक गाड़ियों को, मॉल के बाहर सीढ़ियों पर बैठे लड़के-लड़कियों के झुंडों को, हाथ-में-हाथ डालकर घूम रहे कपल्स को देखते हुए आगे बढ़ रही थीं। आज वो पहली दफ़ा मॉल आई थीं, लेकिन पहली दफ़ा के हिसाब से इस अलग रंग की दुनिया के बारे में उन्होंने मुझसे कोई सवाल नहीं किया। इस थ्री-टायर सिटी का ये बड़ा-सा मॉल अभी कुछ ही साल पहले यहाँ खुला है। पिछले चार-पाँच सालों में ये शहर एक जवान होती अदाकारा की तरह बदला है, लेकिन काकू अब तक इन बदलावों से अनजान रही हैं। वैसे अनजान कहना ग़लत होगा, उन्हें अख़बार के पन्ने पलटकर शहर की हर ख़बर मिलती रही है, लेकिन ख़ुद कभी इन नई जगहों

पर जाकर वे इनसे रूबरू नहीं हो पाईं।

"यहाँ से नहीं जाएँगे?" चलते-चलते मैं जब लिफ़्ट की तरफ़ जाने लगी, तो उन्होंने मेरा हाथ खींचकर बच्चे की तरह एस्केलेटर की तरफ़ उँगली दिखाकर पूछा।

"आप पहले कभी चढ़ी हैं इस पर?" मैंने पूछा तो उन्होंने 'न' में सिर हिला दिया। हाथ पकड़कर मैंने उनके पैर थोड़ी मुश्किल-मशक़्क़त के बाद एस्केलेटर पर जमवा तो दिए, लेकिन जब तक वो उससे सकुशल उतर नहीं गईं मुझे यही डर लगता रहा कि कहीं वो गिर न जाएँ या कहीं उनकी साड़ी न फँस जाए। जहाँ मैं डर रही थी वहीं उन्होंने मेरी घबराहट को शांत करते हुए बहुत ही स्मार्टली एक के बाद एक, दो एस्केलेटर पार किए। उनके चेहरे पर मुस्कराहट थी और आँखों में छुपी हुई चमक उस उत्साह का प्रतिबिंब थी जो इस उम्र में पहली बार एस्केलेटर चढ़ने पर उन्होंने महसूस किया था। जिसे वो चिल्लाकर या ज़ोर से चहचहाकर व्यक्त भले न कर पा रही हों, लेकिन उनकी आँखों में टिमटिमाते सितारे सब कह रहे थे।

"पासपोर्ट किसका बनना है?" मैं काकू के चेहरे पर बिछी मुस्कराहट में कुछ और ढूँढ़ती, उससे पहले पासपोर्ट ऑफ़िस के बाहर खड़े गार्ड ने मुझसे पूछा, तो मैंने काकू की तरफ़ इशारा करके कहा, "जी, इनका।" मॉल के सेकंड फ़्लोर पर बने पासपोर्ट ऑफ़िस तक पहुँचने में हमें थोड़ा वक़्त इसलिए भी लग गया था, क्योंकि काकू की नज़रें मॉल के सारे नज़ारे देखते हुए आगे बढ़ रही थीं।

"तो आप अंदर नहीं जा सकतीं, इन्हें अकेले ही जाने दें।" गार्ड बोला

"भैया सीनियर सिटीजन हैं, अकेले सब समझ नहीं पाएँगी, प्लीज़ जाने दो ना।" थोड़ी-सी मिन्नतों के बाद वो मान गया। सोचती हूँ हमारे देश में हर दुकानदार, ऑटो वाला, गार्ड या किसी को भी भैया बनाने के रिवाज़ ने हम लड़कियों को कुछ छोटे-छोटे नियम तोड़ने की सहूलियत मुफ़्त में दी है। गार्ड को मनाकर मैं और काकू लाइन में लग गए। लाइन लंबी थी, इसलिए मैंने उन्हें बेंच पर बिठाया। ख़ुद खड़ी होकर काकू को निहारने लगी।

आज इस कहानी की स्क्रिप्ट में मैं इस कहानी की सपोर्टिंग एक्टर हूँ और

वह यानी 'काकू' इस कहानी की हीरोइन। उन्हें सब इसी नाम से पुकारते हैं। यह कहानी चार साल पहले तब शुरू हुई थी, जब मैं उनके घर में एक कमरा किराए पर लेने आई थी।

उस दिन हाउसिंग बोर्ड कॉलोनी में भटकते हुए जब इस घर के बाहर 'टू-लेट, ऑनली फॉर गर्ल्स' देखा तो झट से घंटी बजा दी थी। दोपहर के 3 बज रहे थे, यह वक़्त काकू के सोने का होता है, यह बात उस वक़्त मुझे पता नहीं थी; इसलिए दरवाज़ा खुलते ही थोड़ा ग़ुस्सा झेलना पड़ा, "हाँ बोलो!" बहुत ही रूड होकर उन्होंने कहा था।

"जी वो.. कमरा देखना था," उनके रूड "हाँ बोलो" से मुझे ग़ुस्सा तो आया था, लेकिन अटकी भी मेरी ही थी, इसलिए कमरा देखने के लिए बोल दिया था।

"किराया तीन हज़ार है.. बोलो तो दिखाऊँ?" उन्होंने फिर उसी अंदाज़ में कहा था। शायद मुझसे पहले और लड़कियाँ किराया सुनकर भाग गई होंगी, इसलिए उन्होंने कमरा दिखाने की मेहनत से पहले ही किराया बताना मुनासिब समझा।

मेरा मन तो किया था कह दूँ कि नहीं चाहिए आपका कमरा, रखो अपने पास, लेकिन कम-से-कम प्यार से तो बात करो। पर एक हफ़्ते से अकेली लड़की के लिए अच्छा और सुरक्षित घर ढूँढ़ते-ढूँढ़ते मैं थक गई थी, इसलिए उनका घर मुझे आख़िरी उम्मीद लग रहा था। इसी ख़ातिर उनके खडूस बिहेवियर को नज़रअंदाज़ करके मैंने कमरे पर ज़्यादा ध्यान दिया था। कमरा देखने पर मुझे वह पसंद आ गया। मैंने फ़ाइनल कर दिया, लेकिन उन्होंने मुझे यानी अपनी नई किराएदार को फ़ाइनल, बहुत सारा हड़काने के बाद ही किया था।

"देखो, रात 9 बजे के बाद घर से बाहर रहने की इजाज़त नहीं है, रात 10 बजे के बाद कोई पार्टी करने की इजाज़त नहीं है, मेन गेट की चाबी 3 महीने बाद मिलेगी, जब मैं देख लूँगी कि तुम ठीक लड़की हो, लड़के कमरे पर नहीं आएँगे, फिर वे चाहे भाई ही क्यों न हों और हाँ... किराया हर महीने 3 तारीख़ तक एडवांस देना होगा..."

वे कहे जा रही थीं और मैं सोच रही थी कि इन जैसी खडूस मकान मालकिन के साथ यहाँ तीन महीने रहेगा कौन? फ़िलहाल तो कल यहाँ सामान रखूँ और इस महीने के आख़िर तक दूसरा घर देखूँ। उस दिन एक महीने का एडवांस देकर उनकी सारी शर्तों पर 'आई ऐग्री' का टिक करके मैं इस घर में आ गई।

फिर लगभग एक महीने तक मेरी काकू से कोई बात नहीं हुई। न ही मुझे कोई और अच्छा कमरा मिल पाया। इसलिए, अब आगे मुझे इसी घर में रहना है तो काकू से बातचीत बढ़ानी पड़ेगी- यह मुझे समझ आने लगा था। पर एक तो मुझे कोचिंग और पढ़ाई से ही फ़ुर्सत नहीं मिलती थी, ऊपर से एक 21 साल की लड़की एक 70 साल की आंटी से क्या बतियाए- यह भी मेरी समझ से बाहर था। मेरा और क़ाकू का रिश्ता जन्नत में बने उन रिश्तों की तरह है, जिन्हें ज़मीन पर देखने में कोई मेल नहीं दिखता फिर भी न जाने कैसे दिल जुड़ जाते हैं... कुछ वैसे ही हमारे भी जुड़े।

उस दिन काकू के घर में दुर्गा अष्टमी की पूजा थी, इसलिए उन्होंने मुझे भी खाने पर बुलाया था। यों तो मैं काकू से दूर ही भागती थी, लेकिन घर से बाहर रहने वाले बच्चों को जब किसी के घर से खाने का न्योता मिलता है, तो वो ग़लती से भी मना नहीं करते, सो मैंने भी नहीं किया था। घर किसी का भी हो, बस मेस के डिब्बे को छोड़कर 'घर का खाना' मिल जाए, कहीं से भी कैसे भी।

"छोले तो खाती है न..." - मेरी थाली लगाते हुए उन्होंने मुस्कराकर पूछा था। उस दिन पहली बार हमारे बीच मुस्कराहट का लेन-देन हुआ था।

"जी... मुझे बहुत पसंद हैं," छोले का नाम सुनकर मैंने मुस्कराते हुए जवाब दिया था।

मैं खाना खा रही थी और काकू किसी से फ़ोन पर कह रही थीं, "अरे, कहा न एक घंटे रुक जा... मुझे नहीं आता ये मैसेज वग़ैरह देखना, सबर कर ले थोड़ा, थोड़े दिनों में तो आ ही रही है फिर दिखा देना।" सामने की तरफ़ से आने वाली किसी ज़िद को काकू ने डपटते हुए फ़ोन काट दिया था।

"क्या हुआ काकू... मैं देख दूँ मैसेज?" मैंने झिझकते हुए पूछा था,

हालाँकि मैं खाना खाने यह सोचकर गई थी कि चुपचाप खाकर वापस आ जाऊँगी, लेकिन उनके छोले-पूरी ने उनसे बात आगे बढ़ाने का लालच दे दिया था। एक महीने से मैं उनसे जितना दूर भाग रही थी, उस दिन मुझे उनसे उतना ही बातें करने का दिल कर रहा था।

"तू देख देगी... ज़रा देख... मेरी बेटी ने किसी का नंबर भेजा है।" एक मासूम उम्मीद के साथ उन्होंने मुझसे कहा था।

"आप ख़ुद क्यों नहीं सीखतीं काकू?" नंबर निकालते हुए मैंने पूछा।

"अरे, कितनी बार तेरे अंकल से कह चुकी हूँ, लेकिन..." फिर बात को बदलते हुए बोलीं, "अब इस उम्र में कहाँ मैं ये टुनटुना चलाना सीखूँगी!"

टुनटुना, यही नाम दिया था उन्होंने मोबाइल को, सारे दिन बजता जो रहता था। मैं भी बहुत हँसी थी, इस नए नाम को सुनकर।

"अच्छा, तो पहले ये वाला बटन तीन बार, फिर एक बार ये नीचे वाला, फिर एक बार साइड वाला... और पहुँच गई मैं इनबॉक्स में!" इतना कहकर एक बच्चे की तरह चहकी थीं काकू।

उस दिन मोबाइल के इनबॉक्स में जाना सीखते-सीखते काकू ने पता नहीं कब और कैसे मुझे उनकी ज़िंदगी के इनबॉक्स में घुसने की इजाज़त दे दी थी। मैंने एक पल भी गँवाए बिना वो अनखुला पन्ना खोला था जिस पर लिखी थी काकू के परिवार की कहानी, जो पहले दिन से मेरे लिए पहेली बनी हुई थी।

काकू के पति पिछले तीस सालों से दुबई में रहते हैं। वहाँ इंजीनियर थे, अब बताते हैं रिटायर होने के बाद कुछ अपना प्राइवेट काम कर रहे हैं। इंडिया में नहीं रहना चाहते और काकू इंडिया छोड़कर जाना नहीं चाहतीं। साल में एक बार एक महीने के लिए आते हैं।

"इस उम्र में अकेले रहते हुए आपको तकलीफ़ नहीं होती? सूनापन नहीं खलता?" जब मैंने पूछा तो उन्होंने कुछ नहीं कहा था। बस मुझे जाने को कह दिया था... कह दिया था, "औरतों की ज़िंदगी में उन्हें तकलीफ़ तो बहुत चीज़ों से होती है, लेकिन पति और बच्चों का मोह हमसे न जाने कितनी

तक़लीफ़ों का कड़वा घूँट भी हँसकर पिलवा देता है।" मैं समझ नहीं पाई थी ये कैसा मोह है, जिसमें उनके पास न बच्चे हैं न पति, सालों से अकेले रह रही हैं। पहली बातचीत में ही काकू ने न जाने कितने और क्यों भरे सवाल मेरे ज़ेहन में छोड़ दिए थे।

"अरे नेहा... नेहा..." कुछ दिनों बाद काकू ने मुझे आवाज़ लगाई। मैं कमरे से बाहर आई तो बोलीं, "अरे कल जो तूने मुझे मिस्ड कॉल देखना सिखाया था न, मैं भूल गई... ज़रा फिर से बता दे। हरे वाले आने वाले होते हैं.. और नीले वाले जाने वाले...।" कुछ भी सीखते वक़्त न जाने क्यों उनमें मुझे एक बच्चा नज़र आता था, जो हर नई चीज़ के लिए बेहद उत्सुक होता है, ललक होती है जिसमें सीखने की। उन्हें सिखाना भी उसी तरह से पड़ता है। जैसे बच्चों को रंगों का भेद बताकर या आकार का भेद बताकर सिखाना पड़ता है, कुछ वैसे ही शायद बुजुर्गों को भी कोई आज के ज़माने की चीज़ सिखाते वक़्त करना पड़ता है, धीरे-धीरे तसल्ली से।

उस दिन फिर सीढ़ियों पर हमारी क्लास लगी थी, मिस्ड कॉल देखना सीखने की क्लास। काकू की ज़िंदगी के भी कुछ मिस्ड कॉल्स उस दिन हमने देखे थे, जो उन्होंने न जाने जानकर छोड़े थे या अनजाने में छूट गए थे।

"काकू, आपके कितने बच्चे हैं?" मैंने फिर उन बातों को कुरेदना शुरू किया, जिन्हें पिछली मुलाक़ात में काकू ने ज़िंदगी का हवाला देकर अधूरा छोड़ दिया था।

"दो। एक बेटा है, जो लंदन में रहता है... अपने परिवार के साथ.. और एक बेटी, जो कलकत्ता में रहती है... अपने परिवार के साथ।" काकू ने जब दोनों का परिचय देते समय 'अपने परिवार' कहा तो लगा जैसे उनकी आँखें कह रही हों कि मेरे परिवार को अधूरा करके सबने 'अपने परिवार' बसा लिए हैं और अब मैं रह गई हूँ, अकेली।

"तो क्या वे लोग कभी आते नहीं?" मैंने पूछा।

"आते हैं न। दीदी तो साल में दो-तीन बार आ जाती है, लेकिन भैया दो-तीन साल में एक बार ही आता है। दो छोटे-छोटे बेटे भी हैं उसके," कहते-कहते काकू की आँखों के कोने भीग गए थे। 70 साल की उम्र में

अपने पोतों से दूर रहने का ग़म क्या होता है, इसका एहसास न मुझे उस वक़्त था न शायद अभी है, लेकिन इसका ग़म बहुत तीखा होता है ये एहसास मुझे काकू के भीगे कोनों ने करा दिया था। उस दिन मुझे नानी की वो कहावत याद आई थी जो वे अक्सर दोहराया करती हैं, 'मूल से ज़्यादा ब्याज प्यारा होता है।'

"बुढ़ापे में तो लोग ज़्यादा-से-ज़्यादा साथ रहना चाहते हैं, और आप दोनों अकेले हैं.. उन्हें आपकी ज़रूरत होगी काकू.. आप वहाँ जाती क्यों नहीं?"

मैंने बहुत हिम्मत के बाद उनसे यह सवाल किया था और शायद उन्होंने भी बहुत हिम्मत के बाद मुझे इसका जवाब दिया था, "क्योंकि उनकी ज़िंदगी में वहाँ कोई और है, उनकी ज़रूरतें पूरी करने।"

"...लेकिन ऊँची पोस्ट और ऊँची शिक्षा इंसान के विचारों को ऊँचा नहीं करती," काकू ने कहा था जब मैंने उनके पति के पढ़े लिखे होने की बात कही थी। काकू की ज़िंदगी में अंकल पचपन सालों से थे, लेकिन उनकी ज़िंदगी में काकू शायद कभी नहीं आ पाईं। मैं शायद वो पहला शख़्स थी जिसके सामने काकू ने अपनी ज़िंदगी की छुपी हुई दरारों पर से परदे हटाए थे, वो परदे जिन्हें काकू ने अपनी ही सुंदर यादों से काट-काटकर बनाया होगा, ताकि उन यादों से अंकल के होने की टीस भरी बू उन्हें सताती न रहे। काकू के उस जवाब ने उस दिन मुझे लाजवाब कर दिया था। अपने पति को किसी और औरत के हवाले करके सारी ज़िंदगी इसी उम्मीद में बिता देना कि कभी तो वह लौटेगा। हमारे ज़माने में अब शायद औरतें इतनी कच्ची हिम्मत वाली नहीं होती हैं। मुझे बहुत देर तक निरुत्तर और ख़ामोश देखकर काकू मेरा हाथ पकड़कर मुझे अंदर ले गईं। अपने कमरे में ले जाकर मेरे सामने कुछ पुराने धूल चढ़े, अधकचरे-से एल्बम रख दिए, जिन्हें देखकर लग रहा था कि वो सालों से नहीं खुले हैं। एक एल्बम का कवर नहीं था और पहली तस्वीर में काकू दुल्हन बनी हाथों की मेंहदी देखती बैठी थीं। तस्वीर पुरानी और पीली पड़ चुकी थी। एल्बम की जिल्द उस पर चिपक चुकी थी। सीलन के पीले धब्बे कई जगह असल तस्वीर को छुपा रहे थे, लेकिन काकू की ख़ूबसूरती उसमें से वैसी ही बाहर आ रही थी जैसी उस वक़्त रही होगी। तब

की काकू और आज की काकू में सिर्फ़ इतना ही अंतर लगा कि अब उनके बालों से सफ़ेदी झाँकने लगी है, आँखों को चश्मे की फ्रेम ने ढक लिया है और हाथों पर नरम खाल की लकीरें तैरने लगी हैं। उनके चेहरे और ललाट पर चमक आज भी वैसी ही है जैसी तस्वीरों में मुझे दिखी। कॉटन साड़ी में, किसी अफ़सर-सी दिखती काकू के व्यक्तित्व से तो मैं पहले दिन से ही प्रभावित थी, उस दिन एल्बम में उनकी जवानी के दिन देखकर उन पर मोहित भी हो गई थी। मैं एल्बम के पन्ने पलट ही रही थी कि उसमें से काग़ज़ का एक टुकड़ा गिरा।

उसका पीलापन बता रहा था कि बहुत पुराना है, शायद काकू जितना ही पुराना। मैंने उत्सुकता से उसे उठाया और देखा तो उस पर कुछ लाइंस लिखी हुई थीं -

मेरे मन की पीर से अब तेरा क्या वास्ता,
तेरी ख़ुशियों से मेरा 'मैं', हो चुका है लापता,
रह-रह कर उठती टीस को, मैं किस क़िस्म की आस दूँ,
क्या आत्मा को साँत्वना दूँ, क्या इस जिस्म को प्यास दूँ,
ये मन भी कितना ढीठ है कि अब भी तुझको चाहता,
पर मेरे मन की पीर से अब तेरा क्या वास्ता

मेरे हाथ में काग़ज़ का वो टुकड़ा देखकर काकू के चेहरे पर उन शब्दों के भाव उभर आए थे। उन्होंने मेरे हाथ से वो टुकड़ा ले लिया। बहुत देर तक उँगलियाँ फिरा-फिराकर उसे सहलाती रही थीं। फिर बोली थीं, ''ये मैंने अपनी दसवीं एनिवर्सरी पर लिखा था, जब ये तय हो गया था कि अब वो कभी नहीं लौटेंगे।''

शादी के छह साल बाद अंकल अच्छी नौकरी और ज़्यादा पैसे के लिए दुबई चले गए थे, काकू की झोली में दो बच्चे और उनकी परवरिश की ज़िम्मेदारी डालकर। साल में एक बार आते थे। पैसा और साधनों की कोई कमी नहीं होने दी कभी। कमी थी तो काकू की सूनी रातों में और बच्चों के सूने मन में। उस रात काकू के कमरे से सिसकने की आवाज़ मैंने तब तक सुनी थी, जब तक मेरी नींद नहीं लग गई थी।

मैं जिस महीने में काकू के घर आई थी, उससे एक महीना पहले ही अंकल उस साल की 'हाज़िरी' लगाकर गए थे। मुझे एक साल इंतज़ार करना था उन्हें लाइव देखने, काकू के साथ उनके रिश्ते को रूबरू जानने और काकू की मन:स्थिति को ठीक से समझने के लिए। एक साल बाद जब वे आए तो उनकी उपस्थिति में काकू जैसे ग़ायब हो गई थीं। फ़ुर्सत में बैठकर मुझसे बातें नहीं करती थीं। घूमने जाना, मेरा इंतज़ार करना, शाम के टीवी शोज़ के लिए मुझे बुलाना- सब बंद हो गया था। मैंने सोचा था वे अंकल से मुझे मिलवाएँगी, मुझे बुलाएँगी, तो शायद बातों-बातों में मैं उनकी ज़िंदगियों को और क़रीब से जान पाऊँगी, लेकिन अंकल ने तो सामने पड़ जाने पर मेरे नमस्ते का जवाब भी नहीं दिया।

मेरे मन में अंकल के प्रति जो कड़वापन भरा था, उसकी वजह से मैं भी ख़ुद क़दम बढ़ाकर काकू से मिलने या हाल-चाल पूछने नहीं गई। एक ही घर में रहते हुए हम अजनबी-से हो गए थे। बस शक्लें दिख जाती थीं एक-दूसरे की। महीना हवा में उड़ गया। अंकल के जाने का दिन भी आ गया। उस दिन बहुत हिम्मत करके गई थी मैं काकू के घर मिलने। देखने गई थी, वह जो मैं कब से देखना चाहती थी। नीचे पहुँचकर दरवाज़े की कुंडी बजाने को हाथ बढ़ाया तो नेट डोर खुला था, काकू यह दरवाज़ा हमेशा बंद रखती हैं, सिवाय तब जब कोई मेहमान आया हो। अंकल की मौजूदगी में भी दिन में वह दरवाज़ा खुला रहा या बंद मैंने ध्यान नहीं दिया। दरवाज़े से ही घी की ख़ुशबू आ रही थी। शायद अंकल के लिए पूड़ियाँ बन रही थीं। "उन्नीस, बीस, इक्कीस, बाईस, तेईस"..... मैं अंदर पहुँची तो काकू डायनिंग टेबल के पास खड़ी होकर पूड़ियाँ गिन रही थीं। अंकल के लिए ट्रेन में खाने का पूरा सामान पैक हो रहा था। अंकल भोपाल से दिल्ली तक ट्रेन से जाते थे। वहाँ से फिर फ़्लाइट। काकू हमेशा अंकल के लिए टिफ़िन रखती थीं। डायनिंग के पास वाली साइड टेबल पर अंकल का सूटकेस खुला रखा था। कुछ शर्ट्स, कुछ पेंट्स और उनका बाक़ी सामान उसी के आस-पास रखा था। अंकल वहाँ नहीं थे, शायद सामान जमाते-जमाते कहीं चले गए थे।

"मैं कुछ मदद करूँ?" मैंने कहा तो काकू ने पूड़ी फ़्वॉइल पेपर में बाँधते हुए पीछे मुड़कर देखा।

"लगभग सब कुछ हो गया... आजा बैठ," काकू ने बिना मेरी तरफ़ देखे कहा। वो मुझसे नज़रें चुरा रहीं थीं.. मैं भी माहौल को समझ नहीं पा रही थी इसलिए चुपचाप डायनिंग की कुर्सी खिसकाकर बैठ गई थी। मेरे बैठते ही अंकल बाथरूम से निकले। सामने ही मुझे बैठा पाया, तो बस नज़रें उठाकर देखा। फिर अपनी पैकिंग ख़त्म करने में लग गए। आंटी ने मेरा उनसे औपचारिक परिचय करवाया, फिर दोनों चुपचाप अपने-अपने काम ख़त्म करने लगे। सूटकेस में शर्ट-पेंट जमाते वक़्त एक-दो बार अंकल ने मेरी तरफ़ कनखियों से देखा था, लेकिन कहा कुछ नहीं। उन दोनों के बीच इस तरह की चुप्पी की मुझे उम्मीद नहीं थी। यह हर साल आने और जाने के वक़्त का कोई रिवाज-सा लगा मुझे।

मैं उस ख़ामोशी को तोड़ती या अंकल से कुछ बात शुरू करती, उससे पहले ही दरवाज़े पर पहुँचे ऑटो ने हॉर्न बजा दिया। समय हो चुका था। अब बात शुरू करने का कोई मतलब नहीं होता। बात करती भी क्या, मुझे अंकल से किसी भी सवाल का कोई अधिकार नहीं था। हिम्मत करके कुछ जो दो-चार शब्द जुटाए थे, उसे भी ऑटो के बार-बार आते हॉर्न ने अपनी आवाज़ में दबा दिया। उसी ख़ामोशी के बीच थोड़ी देर में ऑटो में बैठकर अंकल चले गए। जाते वक़्त उन्होंने मेरी तरफ़ देखा था, उन निगाहों से जिनसे एक चोर थानेदार को देखता है। काकू बाहर तक अंकल को छोड़ने नहीं आई थीं, ऑटो की फट-फट-फट की आवाज़ जब बहुत दूर चली गई, तब वे आई थीं गेट पर। अंकल के पीछे शायद कुछ समेटने को। बहुत देर तक वहीं खड़ी रही थीं, फिर अंदर आकर डायनिंग पर बैठ गईं। मैं भी पीछे-पीछे अंदर पहुँची तो उन्होंने छुपाते हुए आँचल से अपनी आँखें पोंछीं, फिर गेस्ट रूम में चली गईं। गेस्ट रूम के बिखरे बिस्तर देखकर यह पता लगाने में मुश्किल नहीं हुई कि अंकल और काकू साथ नहीं सोते थे। वे बस हर साल मेहमान की तरह आते हैं और गेस्ट रूम में ही रहकर चले जाते हैं। चादर की तह बनाते-बनाते काकू के ख़ामोश आँसू चीखने लगे। काकू वहीं गद्दे पर बैठकर ज़ोर-ज़ोर से रोने लगीं। मुझे समझ नहीं आया कि कैसे और क्या कहना चाहिए। मैं बस उनके पास जाकर बैठ गई। बहुत देर तक अपने अंदर की पीड़ा आँसुओं में बहाने के बाद उन्होंने मुझसे कहा, "यह आख़िरी था

नेहा... अब वे नहीं आएँगे।''

''नेहा... नेहा....'' काकू ने आकर हिलाया तो होश में आई कि वे मुझे पुकार रही हैं। काकू के पासपोर्ट की प्रोसेस के लिए वेटिंग एरिया में बैठी, मैं उनके साथ बिताए सालों का हिसाब लगाने लगी थी। ''नींद लग गयी थी क्या? ये देख इस फॉर्म में कुछ भरने को कहा है... मुझे समझ नहीं आ रहा।'' गुलाबी साड़ी के साथ कत्थई ब्लाउज में लंबी-सी काकू, जिनके माथे पर अब भी सुहाग की लाल बिंदी सजी है, लंबी-सी चोटी, जिसमें कुछ काले और कुछ चाँदी-से चमकते बाल हैं, जो मेरी तरफ़ झुकने से उनकी कमर के पीछे से झाँक रही है। उनके गले में मंगलसूत्र भी है, पैर की उँगलियों में बिछिया भी। वे मुझसे अपने पासपोर्ट के फ़ॉर्म पर कुछ भरवाने को उत्सुक हैं, क्योंकि बहुत हिम्मत करके वे अब आज़ादी की उड़ान भरना चाहती हैं। दुबई जाकर अंकल से तलाक़ लेना चाहती हैं। हमेशा के लिए अपने बेटा-बहू के पास लंदन चली जाना चाहती हैं।

पिछली शाम अपनी ज़िंदगी का ये निर्णय सुनाने के बाद उन्होंने मेरा हाथ पकड़कर कहा था।

''वक़्त-बेवक़्त के ख़्यालों में जब आप ख़ुद ही ख़ुद को झूठ लगने लगें, जब बीत गए वो साल झूठ लगने लगें, जो जिया, जो अब तक किया वो झूठ लगने लगे, तो कहाँ जाओगे? कहाँ जा सकते हो? आधी रात के अँधेरे में ज़िंदगी जब काली हो जाती है न बेटा, तब वो झूठ चिल्लाता है, ख़ुद को सच और सफ़ेद बनाने के लिए, लेकिन तब कुछ हो नहीं पाता, कुछ भी नहीं, तब सिर्फ़ एक परछाईं ही होती है गले लगाने... और मैंने अपनी परछाईं को भी अलविदा कहने का मन बना लिया। अब सिर्फ़ अपने अस्तित्व के साथ जिऊँगी, किसी के भरोसे नहीं।''

उम्र के उस पड़ाव पर जहाँ मौत कब दरवाज़ा खटखटा दे पता नहीं, वहाँ काकू ने जीने की ठान ली थी। और एक दिन वो उड़ गईं, अपने हाथों से अपनी बेड़ियाँ काटकर।

एक रात की बात

दिन डूबने लगा है, आधा आसमान लाल-पीले रंग की गहराई से भरा है, बाक़ी आधा काला होकर अपनी जड़ें फैलाने की तैयारी में है। नीचे सड़क पर दिन भर की तेज़ गर्मी के बाद शाम की ठंडक में बाज़ार करने आते लोगों की भीड़ उमड़ रही है। ऊपर आसमान अपने घर लौटते पक्षियों से भरा है। हर रोज़ मैं भी इस वक़्त ऑफ़िस से घर आने के लिए आधा रास्ता तय कर चुका होता हूँ, लेकिन आज मैं ऑफ़िस नहीं गया। कारण, मुझे एक निर्णय लेना था, एक ज़रूरी निर्णय, जिसके लिए मुझे अपना पूरा दिमाग़ ख़ाली रखना था, बिना किसी तरह की दफ़्तरी चिक-चिक के। प्राइवेट कंपनी के गधा-हम्माली करने वाले कर्मचारियों को कुछ ज़रूरी बातें सोचने के लिए बहाना मारकर छुट्टी लेनी ही पड़ती है, लेकिन अपनी छुट्टी का मैंने कोई ख़ास फ़ायदा अब तक नहीं उठाया है। दिनभर बिस्तर पर लेटकर और शाम छत नापकर बिताने के बाद भी ख़्यालों का काँटा उसी एक सवाल पर अटका

है, "तुम आओगे ना?"

कल रात फ़ोन पर कहे उसके इन शब्दों ने पहली बार मेरे रोंगटे खड़े किए हैं। यूँ तो सालों से उसके घर मेरा आना-जाना वैसे ही है, जैसे खुले आँगन में नीम के पेड़ की पत्तियों का गिरना। बिन बुलाए जाना और फिर वहीं का होकर रह जाना, तब तक, जब तक या तो मेरी कोई अर्जेंसी न आ जाए या उसके सोने का वक़्त न हो जाए।

तीन माले की इस बिल्डिंग में ऊपर मेरा घर है, नीचे उसका और उसके भी नीचे है, स्टेट बैंक का ऑफ़िस। हम दोनों के पिता सालों से इस घर में किराए से रह रहे हैं। मकान मालिक को मैंने भी कभी नहीं देखा, वो विदेश में रहता है। उसका कोई रिश्तेदार हर महीने किराया लेने आता है; बस इतनी ही जान-पहचान है। आस-पड़ोस के पूरे एरिया में सदर बाज़ार पसरा है। कुछ-एक मकान हैं, जिनमें लोग रहते हैं, लेकिन बाज़ार के बीच अलग-अलग मकानों में रहने वाले लोग, जिनके घरों के नीचे किराए से चढ़ी दुकानों में सुबह से रात तक ग्राहक भरे रहते हैं, वे अक्सर वैसे पड़ोसी नहीं बन पाते, जैसे शायद कॉलोनियों में रहने वाले बन पाते होंगे। मैं और ज़ुबी भी इसी वजह से एक-दूसरे के पक्के दोस्त बने, क्योंकि हमारे पास दोस्त बनाने पड़ोस में कोई और परिवार नहीं था। बचपन से ही बड़ा सदर बाज़ार होने की वजह से माँ-बाप ने स्कूल-ट्यूशन के अलावा घर से नीचे उतरने ही नहीं दिया। माँ को बहुत डर लगता था, इतनी भीड़ में कब कौन मुझे उठा ले जाए, फिर फिरौती माँगे। पापा के पास तो अपना मकान भी नहीं जिसे बेचकर वो मुझे बचा पाएँगे। अख़बार में बच्चों के लापता होने की ख़बरें पढ़-पढ़कर अक्सर माँ को मेरे बारे में ऐसे सपने आते थे। इसका नतीजा यह हुआ कि मेरे दोस्तों की लिस्ट घटती गई। स्कूल के कुछ-एक दोस्त पहले आते थे, फिर जब मैं किसी के घर नहीं जाता था तो सबने मेरे घर आना भी कम कर दिया। दो-तीन हैं अब भी, जो जिगरी हैं और लंगोटिया भी। उनके अलावा सिर्फ़ एक ज़ुबी ही है जो मेरी दोस्त है।

हमारे घरवाले कहते हैं कि हम जय और वीरू हैं, वही शोले वाले; ज़ुबी वीरू और मैं जय। हाँ, बस इस दोस्ती में ज़ुबी लड़की है और मैं लड़का, इतना ही फ़र्क़ है। यक़ीन नहीं कर पा रहा हूँ कि आज इसी फ़र्क़ ने मेरे क़दमों

को उसके घर की तरफ़ बढ़ने से बाँध दिया है। शायद मेरे क़दम आज भी न रुकते अगर उसका घर गेंदे और मोंगरे के फूलों से न सजा होता, रिश्तेदारों से न भरा होता, कल रात शादी से पहले की हल्दी वहाँ न खेली गई होती और आज रात उसने मुझे अकेले में मिलने न बुलाया होता। यों तो अब तक न जाने कितनी ही बार ख़ुद उसके माँ-बाप मुझे उसके पास अकेला छोड़कर गए हैं, ताकि वो घर में अकेली न रहे, लेकिन आज जब उसने मुझे 'अकेले में' मिलने बुलाया है, तो मेरा दिल ज़ोरों से धड़क रहा है।

वो मुझसे पाँच साल छोटी है, लेकिन मुझसे दस साल बड़ी जितनी समझ है उसमें। मुझे भी यह तब पता चला था जब पहली बार शीलू आंटी यानी उसकी माँ मुझे उसके पास अकेला छोड़कर गई थीं। तब मैं पंद्रह का था और वो दस की। उस दिन डॉक्टर के पास से वापस लौटी शीलू आंटी घर में घुसते ही सोफ़े पर ऐसे बैठ गई थीं, जैसे अपनी आत्मा कहीं किसी मंदिर-मज़ार पर जुबी के लिए दुआएँ माँगने छोड़ आई हों और बेजान शरीर को निढाल सोफ़े पर धँसने के लिए छोड़ दिया हो। कुछ देर तक उन्हें सुस्त और बेजान पड़े रहने देने के बाद जब जुबी ने अपनी चटाई के साथ खिसकते हुए उनके पास पहुँचकर उनके हाथ पर अपना हाथ रखा था, तो उनके अंदर की ममता आँसू बनकर फूट पड़ी थी।

"यह आख़िरी उम्मीद थी बेटा... इस डॉक्टर ने भी वही कहा," इतना कहते-कहते शीलू आंटी के ख़ामोश आँसू, गहरी तेज़ चुभनभरी सिसकियों में बदल गए। जुबी बस उनके हाथ पर अपना हाथ फेरती रही थी। उसकी माँ उसी के लिए रो रही हैं, इस बात का एहसास उसे था और शायद इस बात का भी कि इस वक़्त उसकी हिम्मत ही उसकी माँ को संभाल सकती है। उसी एहसास ने उसके आँसुओं को कभी भी उसकी माँ के सामने नहीं आने दिया। उनका गवाह आज तक सिर्फ़ मैं बना हूँ।

उस दिन शीलू आंटी के कंधे पर टंगे बैग से झाँकती जुबी की रिपोर्ट्स ने हमसे कह दिया था कि अब हम थक गए हैं, हमें किसी अलमारी की दराज़ में सुला दो, अब हमारी ज़रूरत फिर नहीं पड़ेगी।

ज़ुबी 'Neurons fibro metosis of the spine and congenital telephaseequinovarus' नाम की बीमारी के साथ पैदा हुई थी। इस बीमारी का नाम जितना बड़ा और ख़तरनाक था, उतना ही गहरा और तकलीफ़देह उसका असर ज़ुबी की ज़िंदगी पर पड़ा था। उसके शरीर का आधा हिस्सा शून्य था, वह अपने शरीर के निचले हिस्से को महसूस नहीं कर सकती थी। जिस उम्र में बच्चे बोलना सीखते हैं, उसी उम्र में ज़ुबी ने भी सीखा, लेकिन जिस उम्र में बच्चे चलना सीखते हैं, उस उम्र में ज़ुबी ने अपनी चटाई के साथ घिसटना सीखा, हमेशा के लिए।

मैं स्कूल से लौटकर पापा के स्कूटर से उतर रहा था, जब ट्रक से अनलोड होता सामान देख रहे अमित अंकल को मैंने पहली बार देखा था। कुछ देर तक पापा वहीं खड़े होकर अमित अंकल की हेल्प कराते रहे और मैं उनके उतरते सामान को गिनता रहा। उस दिन मैंने ज़ुबी को भी पहली बार देखा था। अपनी माँ की गोद में थी, मुड़े हुए पैर, जिन पर पट्टियाँ बँधी थीं, जो उसकी गुलाबी रंग की फ्रिल वाली फ्रॉक से बाहर लटक रहे थे। उसका चेहरा उतना ही मासूम और प्यारा था, जितना उस उम्र की बच्चियों का होता है। लेकिन यादों को टटोलूँगा तो उस दिन की मुझे इतनी ही याद बाक़ी है, जिसमें मेरी नज़रें बहुत देर ज़ुबी के पैरों पर अटकी रही थीं।

ज़ुबी 6 साल की थी, जब अमित अंकल अपने परिवार के साथ इस बिल्डिंग में शिफ़्ट हुए थे। हम यहाँ उनसे भी तीन साल पहले आए थे। चार साल में ज़ुबी और मैं जितने अच्छे दोस्त बने, उतने ही अच्छे दोस्त और सहेलियाँ हमारे माँ-बाप बने। ज़ुबी का बड़ा भाई मुझसे एक साल बड़ा था। हॉस्टल में पड़ता था। ज़ुबी को संभालने की वजह से ही उसे हॉस्टल में डाला था, ताकि दो बच्चों में उनकी ज़िम्मेदारी बँटे ना। वो छुट्टियों में आता था। कुछ सालों में उससे भी मेरी अच्छी बातचीत होने लगी थी।

ज़ुबी और मेरी दोस्ती की ख़ास वजह हमारे शौक़ एक-से होना भी था। वीडियो गेम के लिए दीवानगी और पेंटिंग के लिए सिर चढ़ता जुनून ही वह कारण रहा, जिसने हमें हमेशा एक धागे में बाँधे रखा। जब पहली बार मैं ज़ुबी के घर गया था, तब वह खिड़की के पास बैठकर अपनी ड्रॉइंग बुक में कुछ बना रही थी। नए पड़ोसी होने के नाते मैं शाम को अपनी माँ के साथ उनके

घर गया था। उसे बैठा हुआ देखकर यह अंदाज़ लगा पाना तब भी मुश्किल था और आज भी उतना ही मुश्किल है कि उसे एक ऐसी बीमारी है जिसने उसके आधे शरीर को खा लिया है।

उसकी ड्रॉइंग में हमारी बिल्डिंग के सामने की चूड़ियों की दुकान में चूड़ी पहनती औरतों की रंग-बिरंगी कलाइयाँ देखकर मुझे यक़ीन नहीं हो रहा था कि वह पेंटिंग एक 6 साल की बच्ची ने बनाई है। माँ ने उसकी तस्वीर देखकर कहा था, ''इसकी तस्वीर में न सिर्फ़ काँच और लाख की बारीकी है, बल्कि औरतों के म़टकते हाथों में चूड़ी की खनक भी सुनाई दे रही है। लगता है, जैसे आधे शरीर को शून्य करके ऊपरवाले ने पूरी ताक़त उसके हाथों में दे दी है।''

मुझे उस समय इतनी गहरी बातों की समझ तो नहीं थी, लेकिन मेरी माँ, जो शहर की जानी-मानी पेंटिंग सिखाने वाली महिला हैं जो हर दिन लगभग 50 बच्चों को पेंटिंग सिखाती हैं, उन्होंने अगर ज़ुबी की इतनी तारीफ़ की है तो बेशक उसकी पेंटिंग आला दर्जे की होगी। मैं भी पेंटिंग करता था, इसलिए ज़ुबी की पेंटिंग को पहली नज़र में देखकर बहुत ख़ुश हुआ था। अपनी उम्र के हिसाब से उस समय पहला और आख़िरी सवाल मैंने यही पूछा था, ''तुमने सिर्फ़ रंग भरा है या पूरा ख़ुद बनाया है?''

उस दिन के बाद मैं हर रोज़ दिन के कुछ घंटे ज़ुबी के साथ बिताता। कभी हम साथ पेंटिंग करते, तो कभी मारियो में एक-दूसरे को हराते। खिड़की पर साथ बैठकर बाहर से निकलती गाड़ियाँ गिनते। साथ बैठकर ही चूड़ी वाले की मिमिक्री करते। धीरे-धीरे मैं ज़ुबी की दिनचर्या का एक हिस्सा बन गया, बिलकुल वैसे ही जैसे चटाई पर घिसटकर अपने सारे काम निपटाना, घिसटने की वजह से पैरों में बनने वाले घावों को रोज़ ख़ुद साफ़ करना, मरहम-पट्टी करके उन पर पन्नी बाँध लेना और बाथरूम के लिए ख़ुद ही मशक्कत करके अपने पैरों को उठाना फिर हमेशा गीला हो जाने की वजह से बाहर आकर पूरे कपड़े बदलना और कभी-कभी महसूस न हो पाने की वजह से पेशाब का कपड़ों में ही छूट जाना, उसकी दिनचर्या में शामिल था। वैसे ही वक़्त के साथ मैं भी हो गया। शुरू-शुरू में हम दोनों एक-दूसरे से असहज रहते थे, लेकिन जिस दिन से ज़ुबी के मन से उसके कपड़े गीले

होने की शर्म चली गई, उस दिन से मेरे मन से उसके लड़की होने की शर्म चली गई। दो साल बीतने तक हम दोनों सिर्फ़ दोस्त बन गए, जाति-लिंग के भेदभाद से परे सिर्फ़ दोस्त।

सबकुछ बहुत स्मूद चल रहा था और चलता भी रहता, अगर एक दिन 'वह' दिन न आया होता। उस दिन ज़ुबी का ग्यारहवाँ जन्मदिन था। दिवाली का दिन होने की वजह से जितना हमने घर को जन्मदिन के लिए सजाया था, उतना ही रंग-बिरंगी लड़ियों और दीयों से बाज़ार भी सजा था। शाम का वक़्त था। पटाख़ों की आवाज़ से आसमान गूँज रहा था। कई सालों बाद दिवाली का दिन और ज़ुबी का जन्मदिन साथ-साथ पड़े थे। मेरा बहुत मन था कि इस दिन तो ज़ुबी को घर से बाहर निकाला जाए। बचपन में जिस दिन से उसकी गोदी छूटी थी, उसी दिन से उसका घर से बाहर निकलना छूट गया था। उसे तो शायद पता भी नहीं था कि खिड़की के बाहर की दुनिया कैसी है, हमारी गली के नुक्कड़ के बाद जहाँ सड़क उसकी नज़रों से ओझल होने लगती है वहाँ से शहर की रौनक़ से भरा सदर बाज़ार शुरू होता है; जहाँ की आतिशबाज़ी से सजा रंग-बिरंगा आसमान देखने पूरा शहर उमड़ता है। उस आतिशबाज़ी के क़िस्से भर ज़ुबी ने सुने थे। मैं उसे वो सब दिखाना चाहता था। उसकी इस दिवाली को यादगार बनाना चाहता था। बन भी जाती, अगर दिवाली की रात के ही ढेरों रंगों में से एक रंग ने उस रात को ज़ुबी के नाम एक कसैला अनुभव न लिखा होता।

ज़ुबी का जन्मदिन अच्छे से मनाने और दोनों घरों में दिवाली पूजने के बाद हम सभी सदर बाज़ार जाने को तैयार थे। मेरे दूर के चाचा आए हुए थे, जिनके पास कार थी। उन्हीं की कार में ज़ुबी को घुमाने ले जाना तय हुआ था, ज़ुबी बाइक पर नहीं बैठ सकती थी। सजे-धजे से मैं और ज़ुबी का भाई आगे चल रहे थे। ज़ुबी को गोद में उठाकर अमित अंकल हमारे पीछे। आधी सीढ़ियाँ ही उतरे थे कि अमित अंकल ज़ुबी को लेकर वापस घर की तरफ़ भागे। हम पलटकर देखते, तब तक लंबे क़दमों से सीढ़ियाँ लाँघकर अमित अंकल उनके घर में दाख़िल हो चुके थे। मैं और ज़ुबी का भाई भी जब दौड़कर ऊपर पहुँचे, तो हमें पहली नज़र में कुछ समझ नहीं आया। दरवाज़े से घुसते ही दाहिनी तरफ़ पर बने बाथरूम में ज़ुबी नज़रें झुकाकर बैठी थी।

शीलू आंटी तेज़ क़दमों से अंदर वाले कमरे से बाहर आ रही थीं। हम दोनों लड़कों को बाथरूम के बाहर ज़ुबी के पास खड़ा देखा तो डाँटकर अंदर जाने को कहा। हमें देखकर उन्होंने अपने हाथ के सामान को पीछे छुपा लिया था। हम माहौल को समझने की कोशिश में अंदर पहुँचे, तो अमित अंकल सोफ़े पर बैठ थे। उनके चेहरे ने तो हमें कुछ नहीं बताया, लेकिन उनकी शर्ट पर लगे कुछ ख़ून के धब्बों ने हमारे सवालों को गले से बाहर नहीं आने दिया। सत्रह-अठारह साल के हम दोनों लड़के स्कूल में साथ पढ़ने वाली लड़कियों की वजह से इस असमंजस वाली स्थिति को समझ पाए थे।

उस दिन के बाद कुछ दिन तक मैं ज़ुबी से मिलने नहीं गया। उसकी झिझक ने मुझे रोक रखा था या मेरी शर्म ने, यह ठीक से कह पाना मुश्किल है, लेकिन धीरे-धीरे ज़ुबी और मेरे बीच शर्म और झिझक का ये लिफ़ाफ़ा भी खुल गया। सोचता हूँ, अगर मैं लड़की होता या ज़ुबी लड़का तो शायद हम एक-दूसरे के उतने अच्छे दोस्त नहीं होते जितने अब हैं। तब एक ही प्रजाति के होने से हमारे जज़्बात की क़िस्म भी एक ही होती, इसलिए शायद नाप-तौल ज़्यादा होती। अभी हमारे जज़्बात की क़िस्में भी अलग हैं, जिससे उन्हें समझने की चाहत है, अधूरेपन को पूरा करने की लालसा है, न कि नाप-तौल। मैं होता उस जगह या वो होती इस जगह के तर्क नहीं और न ही कम-ज़्यादा की तुलना है। अभी हम टूटे हुए उन दो टुकड़ों की तरह हैं, जिन्हें मिलाकर एक बनाया जा सकता है।

सोचते-सोचते मैंने शायद अपने ही सवाल का जवाब पा लिया है, जिसने मुझे ज़ुबी की पुरानी यादों से बाहर निकाला। सबकुछ इतना ही साफ़ है तो मुझे उसके सवाल का जवाब ढूँढ़ने में इतनी तकलीफ़ क्यों हो रही है? क्यों मैं उसे 'हाँ' नहीं कह पा रहा हूँ? ये जानते हुए भी कि उसने जो माँगा है, वो उसे सिर्फ़ मैं ही दे सकता हूँ।

"जतिन, कब से आवाज़ लगा रही हूँ... कहाँ खोया था? ये ले ज़ुबी का फ़ोन आ रहा था... मैं नीचे आंटी के घर जा रही हूँ।"

मैं ख़्यालों में इतना उलझा था कि मेरी माँ को मुझे होश में लाने के लिए ऊपर आना पड़ा। ज़ाहिर है, मैंने उनकी आवाज़ें सुनी नहीं होंगीं। मोबाइल पर

अब भी जुबी का फ़ोन बज रहा है। कुछ देर तक स्क्रीन को चमकते रहने देने के बाद मैंने फ़ोन काट दिया है। तैयार होने नीचे जा रहा हूँ; सोचकर कि उसे समझाऊँगा, अब ये संभव नहीं, मैं उसे मना कर दूँगा।

यही सोचते-सोचते तैयार होकर नीचे पहुँचा हूँ। मेहमान धर्मशाला में जाने की तैयारी कर रहे हैं। ''अरे जतिन, तू अब तक यहीं है?'' अमित अंकल ने सीढ़ियों से उतरते हुए कहा तो मैं झिझक गया, जैसे चोरी पकड़ी गई हो।

''हाँ अंकल, बस जुबी के साथ पहुँचता हूँ,'' कहकर मैं नज़र चुराते हुए सीधे जुबी के पास पहुँचा हूँ तो वो फ़ोन में मेरा ही नंबर निकाले बैठी है।

''मुझे यक़ीन था, तुम ज़रूर आओगे।'' मुझे देखते ही उसके चेहरे की चमक ने मुझसे कहा। उसके होंठ तो नहीं खुले, लेकिन उसकी आँखें मेरी मौजूदगी से वैसे ही झिलमिला उठी हैं, जैसे किसी अँधेरे कमरे में अचानक से बहुत सारी लाइट्स जला देने के बाद रोशनी दमक उठती है। ''तुम 'ना' कहने आए थे न?'' मैं उसके पास बैठा तो उसने मेरी तरफ़ देखते हुए कहा।

''मैं 'हाँ' नहीं कह सकता जुबी... ये हमारे रिश्ते के साथ धोखा है..'' मैंने कहा।

''ये धोखा नहीं.. यही वफ़ा है... तुम्हारे अलावा मैं किसी और से इस वफ़ा की उम्मीद नहीं कर सकती।'' उसने कहा, फिर बहुत देर तक ख़ामोशी रही। घर में हर तरफ़ पत्तों-से बिखरे रिश्तेदार आते-जाते मुझे और जुबी को घूर रहे हैं। उनकी निगाहें मुझे और भी ज़्यादा असहज बना रही हैं। मैं जुबी से थोड़ा दूर खिसक गया हूँ।

''मैं इक्कीस की हो गई हूँ जतिन... और कुँवारी नहीं मरना चाहती।'' उसने ये बात तुरुप के उस इक्के की तरह फेंकी है जिसे काट पाने की औक़ात खेल के किसी भी खिलाड़ी में नहीं होती। वह जानती है कि मैं भी यह बात जानता हूँ कि इस बीमारी वाले मरीज़ों की औसत उम्र पच्चीस-छब्बीस साल होती है। उसके पास अगले चार साल हैं। यह बात पिछले महीने मुझे अमित अंकल ने भी कही थी।

"और ये कमरा ज़ुबी का..." अपने नए घर के सबसे बाहरी कमरे की बालकनी में खड़े होकर अमित अंकल ने मुझसे कहा था; फिर जहाँ तक उनकी नज़र जा रही थी वहाँ तक का मुआयना करके बोले थे, "उसने कभी खिड़की के बाहर की ज़िंदगी नहीं देखी, इसलिए मैंने सदर की सबसे ऊँची बिल्डिंग का ये फ़्लैट चुना है जिससे वो इस शहर की आधी-बस्ती देख सकती है। उड़ते हुए हवाई जहाज़ देख सकती है। झील में डूबता हुआ सूरज भी... उसकी ज़िंदगी की शाम भी हो ही चली है... पता नहीं कब रात हो जाए।" बहुत कोशिश के बाद भी अंकल उस दिन अपने कोनों से गिरता पानी मुझसे छुपा नहीं पाए थे।

"बोलो ना... तुम 'ना' कहने आए थे न?" उसने मेरे हाथ पर हाथ रखकर पूछा, तो मुझे एहसास हुआ कि मेरी आँखों के कोने भी ख़्यालों ने भिगो दिए हैं। मेरी समझ कुछ कहती, उससे पहले ही मेरे दिल ने कहा, "नहीं।"

"परसों भाई की शादी के बाद हम नए घर में चले जाएँगे, फिर तुमसे मुलाक़ातें कम हो जाएँगी।" वह बात करना चाहती है शायद, और मैं बस चुपचाप सुन रहा हूँ, "तुम आज जो मुझे दोगे, उसका पूरा एहसास तो मुझे नहीं होगा, मेरा आधा शरीर...।" इसके आगे उसने कुछ नहीं कहा। क्या कहती कि प्रेम का जो पौधा वो आज हम दोनों के बीच बोना चाहती है, उसमें फल तो कभी नहीं आएँगे, लेकिन फिर भी वो पौधा लगाना चाहती है अपने मुरझाते जीवन में आख़िरी हरियाली देखने।

रात गहरा चुकी है, सारे मेहमान धर्मशाला जा चुके हैं। अगले दो घंटे बाद हम दोनों को भी जाना है। ज़ुबी ज़्यादा देर बैठ नहीं सकती, इसलिए मुख्य कार्यक्रम के वक़्त उसे कार्यक्रम स्थल तक पहुँचाने की ज़िम्मेदारी मुझे मिली है। इन्हीं दो घंटों में आज मुझे ज़ुबी की ज़िंदगी में नारीत्व की संपूर्णता का बीज अंकुरित करने की ज़िम्मेदारी भी पूरी करनी है।

उसकी वापसी का दिन

"पेशेंट नंबर 18 पीहू अग्रवाल...।" कंपाउंडर की आवाज़ आई, तो पीहू ने मेरा हाथ और कसकर पकड़ लिया है।

"डोंट वरी बेटा... मैं बाहर ही हूँ...।" उसे समझाकर मैंने अंदर भेज दिया है। ख़ुद फिर से वेटिंग एरिया में रखे काउच में धँस गई हूँ।

मुझे पीहू के लिए इस उम्र में यह दिन देखना पड़ेगा, यह किसी बुरे ख़्वाब से भी बहुत बुरा है। पीहू मेरी छोटी बहन है, और मैं हर्ष अग्रवाल की बड़ी बेटी। पीहू से 12 साल बड़ी होने की वजह से हमारा रिश्ता बहनों से अब माँ-बेटी का बन चुका है। वैसे हमारी भी माँ हैं, लेकिन उनकी ज़िंदगी में हम हैं या थे भी, यह मैं आज तक नहीं समझ पाई हूँ। इसी का नतीजा है कि आज अपनी 14 साल की छोटी-सी पीहू के लिए मैं एक मनोचिकित्सक के पास आई हूँ।

पीहू की माँ बनकर उसे संभालने के लिए मुझे हमारी माँ ने मजबूर

किया, जो थी तो लेकिन हमारी ज़िंदगियों में नहीं, जिसे हमने होते हुए भी खो दिया था। वे आज भी ज़िंदा हैं, लेकिन हमारे लिए नहीं।

माँ पर लिखी कविताएँ, माँ पर लिखे गीत या कहानियाँ सुनती-पढ़ती हूँ, तो सोचती हूँ कि माँ के इस रूप का ज़िक्र कहीं क्यों नहीं होता, शायद इस रूप की कल्पना कोई करता ही नहीं होगा। यदि मैं किसी राजघराने से होती, तो शायद कैकई के बाद सदियों तक मेरी माँ को भी उनके कुकर्म के लिए जाना जाता। प्रेम की परिभाषा बदलकर उसे अपने हिसाब से तोड़ने-मरोड़ने वालों के नाम जंग छिड़नी चाहिए। एक ऐसी जंग जहाँ सजा देने वाला हिटलर-सा निर्दयी हो। उतना ही निर्दयी जितना कुकर्मी लोग प्रेम जैसे नाज़ुक एहसास को अपने वहशीपन के तले रौंदते वक़्त होते हैं।

''एक्सक्यूज़ मी मैम... डॉक्टर आपको केबिन में बुला रहे हैं।'' मेरे मन में कड़वाहट और बढ़ती, उससे पहले ही कंपाउंडर ने आकर कहा।

मैं अंदर पहुँची तो देखा कि पीहू डॉक्टर के सामने वाली कुर्सी पर बैठी है। ''आइए...'' डॉक्टर ने कहा।

''क्या बात है डॉक्टर... सब ठीक है न... ?'' मैंने अपनी घबराहट छुपाते हुए कहा।

''जी हाँ, सब ठीक है... बस आपकी बहन पढ़ाई की ज़्यादा टेंशन ले रही हैं। मैंने समझा दिया है... आप बस इन्हें कहीं वेकेशन पर ले जाइए,'' डॉक्टर ने मुस्कराकर कहा, फिर पीहू से बोला, ''बेटा, आप जाकर कंपाउंडर को ये पर्चा दे दो... वो कुछ मेडिसिन देगा।''

मैं समझ गई कि डॉक्टर पीहू के बारे में कुछ बात अकेले में करना चाहते हैं। मैंने पीहू को पीठ थपथपाकर बाहर भेज दिया है। पीहू के जाते ही डॉक्टर बोले, ''देखिए मिस पायल... आपकी बहन की एंग्ज़ायटी बहुत बढ़ गई है... वो डिप्रेशन की स्टेज पर हैं। इसका कारण उनकी पढ़ाई नहीं, बल्कि आपके घर का माहौल और फ़िलहाल आपकी शादी भी है।''

''मेरी शादी ? घर का माहौल कारण हो सकता है, यह तो मुझे समझ में आ गया, लेकिन मेरी शादी कैसे!'' मैंने चौंकते हुए पूछा।

''जी हाँ! दरअसल, जब आप लोगों की ज़िंदगी में वो हादसा हुआ तब

पीहू बहुत छोटी थी, लेकिन आपने उसकी ज़िंदगी में माँ की ख़ाली जगह को भरा। अब वो डर रही है कि आपके जाने के बाद वो जगह फिर ख़ाली हो जाएगी। वह अकेली रह जाएगी। बस, इसी वजह ने उसके अंदर डर और घबराहट पैदा कर दी है, जो उसकी एंग्ज़ायटी को बढ़ा रहे हैं।"

डॉक्टर से मिलकर बाहर आई हूँ, तो पीहू काउच पर आँखें बंद करके बैठी है। क्या कहूँ इससे? क्या बात करूँ? पीहू को लेकर घर जाने को कार स्टार्ट की, लेकिन इस वक़्त घर जाने का मन नहीं। लग रहा है बस पीहू का हाथ पकड़े बैठी रहूँ। किसी तरह उसे यक़ीन दिला सकूँ कि मैं उसके साथ हूँ। आज मुझे रह-रहकर पीहू का वह चेहरा याद आ रहा है, जब मैंने उसके जन्म के बाद उसे पहली बार देखा था। लाल-लाल, छोटे-छोटे से हाथ-पैर। घंटों उसके पास बैठी मैं बस उसके पैरों की मोती जैसी छोटी-छोटी उँगलियों से खेलती रहती थी। वह बोलना क्या, हाँ-हूँ करना भी नहीं जानती थी, फिर भी मैं उससे घंटों बातें कर लेती थी, लेकिन आज डर रही हूँ, उससे कुछ भी कहने में झिझक रही हूँ। घर जाने की जगह मैंने गाड़ी लेक की तरफ़ मोड़ दी है। हम दोनों अक्सर यहाँ आकर बैठते हैं, जब हमें ख़ामोश रहकर बातें करनी होती हैं।

"दी... आपको वो रात याद है...?" झील किनारे हल्की हवा और लहरों की शांत आवाज़ के बीच पीहू ने वही बात छेड़ी जिसकी तरफ़ जाने से मैं मन को बचा रही थी।

"हम्म... सब याद है मुझे..." मैंने पीहू के हाथ पर हाथ रखते हुए कहा।

पीहू तब छह साल की थी, छोटी थी लेकिन इतनी भी नहीं कि उस दर्दनाक रात का मंज़र उसकी बढ़ती उम्र भुला पाए। उस रात हमारे गाँव से कुछ मेहमान आए हुए थे। रात एक बजे उनकी ट्रेन थी, पापा को भी उन लोगों के साथ निकलना था। गाँव में हमारी ज़मीन को लेकर कोई केस चल रहा था, उसी सिलसिले में पापा कुछ दिन के लिए जाने वाले थे। पापा के साथ मेहमानों को विदा करने के बाद, मैं अपने कमरे में और माँ अपने कमरे में सोने चले गए। पीहू पहले ही सो चुकी थी। मेरी नींद कुछ गहराती उससे पहले

ही अचानक कुछ लड़ने-चीखने की आवाज़ें आने लगीं। मेरे साथ-साथ पीहू भी डरकर उठ गई थी। मैंने दरवाज़े की दरार से बाहर झाँककर देखा तो पापा माँ के बाल पकड़कर उन्हें मार रहे थे। कोई दूसरा व्यक्ति माँ को बचाने की कोशिश कर रहा था। मैंने डरकर दरवाज़ा बंद कर दिया और पीहू को लेकर बिस्तर पर बैठी रही।

बाहर हो रहे झगड़े की आवाज़ें मेरे कानों में पड़ ज़रूर रही थीं, लेकिन मैं उन्हें अनसुना करना चाहती थी, वो ऐसी चुभती बातें थीं जिनकी उम्मीद भी करना किसी भयावह सपने से कम नहीं। मैं नहीं चाहती थी कि पीहू वो सब सुने, इसलिए मैंने बहला-फुसलाकर उसे वॉकमेन पर गाने सुनने के लिए राज़ी कर लिया। कुछ देर में गाने सुनते-सुनते पीहू की फिर नींद लग गई और मैं उन आती आवाज़ों से तब तक लड़ती रही जब तक वो बंद नहीं हो गईं। कुछ देर बाद जब आवाज़ें बंद हो गईं, तो मैं सीधे हॉल की तरफ़ भागी। 'पापा' पुकारती, उससे पहले ही वहाँ का नज़ारा देख मेरी साँस रुक गई।

दीवान पर पापा की फटी हुई शर्ट पड़ी थी, जिस पर ख़ून लगा था। थोड़ा-बहुत ज़मीन में और सोफ़े के कवर पर भी दिख रहा था। मेरी धड़कनें बढ़ी हुई थीं, आँखों से आँसू बहे जा रहे थे। मैं पापा को ढूँढ़ती हुई उनके कमरे की तरफ़ जाती, उससे पहले ही मुझे बाहर का दरवाज़ा ज़ोर से पटकने की आवाज़ आई। मैं घबराकर फुर्ती से बाहर आई, तो देखा पापा दरवाज़े से सटे हुए बेहाल-से बैठे थे। मेरी हिम्मत नहीं हो रही थी कि मैं एक भी क़दम बढ़ाकर उन तक जाती, उनसे पूछती कि यह अचानक क्या हो गया? घर में हर तरफ़ पसरे सन्नाटे से परे कहीं ख़्यालों में माँ के वापस आने की ख़ुशी ढूँढ़ रही थी, जिसका एहसास मात्र मेरे आँसुओं को बढ़ा देता था।

मैंने पापा के कंधे पर हाथ रखा, तो वो बच्चे की तरह मेरे पैरों से लिपटकर रो पड़े। उनके बिखरे हुए बाल, दरवाज़े के पास पड़ीं चप्पल, कमरे में बिखरा पड़ा उनका सूटकेस जिसे उन्होंने ज़ोर से फेंककर माँ और उनकी तस्वीर पर दे मारा था और ज़मीन पर पड़े उस टूटी तस्वीर के काँच के टुकड़े कह रहे थे कि आज माँ और उनका रिश्ता भी इसी काँच की तरह टूटकर बिखर गया है। शादी के अठारह साल बाद माँ अपने उस प्रेमी के साथ भाग गई हैं, जिसके साथ मिलकर वे पापा को पिछले पाँच सालों से छल रही थीं।

जिसके साथ पापा ने उन्हें रँगे हाथों पकड़ लिया था।

"सब लुट गया बेटा... सब बर्बाद कर गई वो, मैं कहीं का नहीं रहा..." आँखों से गिरते आँसू, मुँह से गिरती लार और नाक से बहते पानी के बीच वो लड़खड़ाती आवाज़ में बस इतना ही कह पाए और मैं एक माँ की तरह बस उनके सर पर तो कभी पीठ पर हाथ फेरती रही।

पापा के साथ मेरी वो रात वहीं कटी, घर की दहलीज़ पर। उस रात, बस उस रात माँ की वापसी का इंतज़ार हम दोनों को था, लेकिन मन में चाहत और हालात को उम्मीद नहीं थी कि वह वापस आएगी।

स्कूल से आकर बस्ता फेंककर जिनके पेट पर फुर्र-फुर्र करने के लिए मेरी और पीहू की लड़ाई होती थी। हमारी फ़रमाइशों पर जो हमें पसंद-पसंद के खाने पकाकर खिलाती थीं। जिनसे मैंने अपनी क्लास के सबसे हॉट लड़के के बारे में मन की बातें बाँटी थीं। वो मुझे या पीहू दोनों में से किसे ज़्यादा प्यार करती हैं, इस बात के लिए अक्सर हम झूठ-मूठ का जिनसे लड़ लेते थे... वे अब जा चुकी थीं। शायद वे हम दोनों से ही प्यार नहीं करती थीं, इसलिए चली गईं, हमेशा के लिए।

उनके जाने के बाद मुझे सारी रात बीते सालों की वो बातें याद आने लगीं, जिन्हें मैंने अनदेखा किया था या जो मुझे कभी दिखाई ही नहीं दी थीं। वो बातें जिनमें मैं माँ को उनके प्रेमी के साथ देखने की कोशिश कर रही थी। वो बातें जिनमें माँ ने किसी भी बात में हमसे या पापा से रुसवाई की हो, वे बातें जिनमें माँ ने कभी हमसे चिढ़ जताई हो या कभी हमारे काम करने के लिए आफ़त जताई हो, लेकिन बहुत देर तक... शायद सारी रात ही सोचने के बाद भी मुझे कुछ ऐसा नहीं मिल पाया था, जब बीते सालों में मुझे उन पर शक हुआ हो।

उस दिन दरवाज़े पर बैठे-बैठे ही जब अँधेरा चीरती हुई सुबह उगने लगी, तो लगा... इसे यहीं रोक दूँ। मैं उस रात के बाद की सुबह नहीं चाहती थी। सुबह होते ही पड़ोसियों की नाक हमारे घर में जल चुकी रात की बास सूँघ लेगी, फिर हमसे सवाल होंगे, वो सवाल जिनके जवाब हम नहीं दे पाएँगे।

मेरी गोद में सुबह तक सिसक रहे पापा ने मेरा हाथ पकड़ा और मुझे अंदर ले आए। आते ही बोले, ''अपना और पीहू का सामान पैक करो, मैं तुम्हें दादी के घर छोड़ने जा रहा हूँ... कुछ दिन तुम दोनों वहीं रहोगी और मैं साइट पर रहूँगा।'' फिर घर का दरवाज़ा इतनी ज़ोर से बंद किया, जैसे वे फिर कभी उसे खोलेंगे ही नहीं। खोलकर भी क्या करते, जिस औरत के रहने से वह घर हम सबके लिए घर था, वह अब जा चुकी थी, इस घर को मकान बनाकर अपने लिए एक नया घर बनाने।

हमने वह घर और वह शहर भले छोड़ दिया हो, लेकिन उन बातों ने हमारा पीछा नहीं छोड़ा जिनसे बचने के लिए हमने वह घर छोड़ा था। ''आख़िर क्या कमी थी मेरे बेटे में'', ''तुम लोग घर में आँखें बंद करके रहते थे क्या?'', ''तू क्या करती थी जब उसका आशिक़ घर में मिलने आता था'', ''दो-दो बेटियाँ जनके इन्हें हमारे सिर बाँधकर चली गई'', ऐसी ही और न जाने कितनी ही बातों, तानों को हम अक्सर सुनते थे, कभी दादी तो कभी बुआ या कभी गाँव का कोई पड़ोसी। शहर में लगी उस आग की चिंगारी गाँव तक हमारे पहुँचने से पहले ही पहुँच गई थी।

''जो हुआ उसकी वजह मैं थी न...'' मैं अतीत में गोते लगा रही थी कि पीहू ने मुझे फिर 'आज' में खींच लिया।

''तू ऐसा क्यों सोचती है?'' मैंने बिना देर किए उसके सवाल का जवाब दिया कि कहीं मेरी ख़ामोशी को वह हामी न मान ले।

''मैं बेटा नहीं हूँ न.. दादी को बेटा चाहिए था न.. इसलिए तो वे माँ को कोसती थीं..शायद इसी वजह से वे...।'' 'भाग गईं' कहते-कहते पीहू रुक गई। ये शब्द वो या मैं आज तक अपनी जुबान पर नहीं ला पाए हैं।

''दादी कोसती थीं, लेकिन पापा ने तो कभी कुछ नहीं कहा, वे तो माँ से कितना प्यार करते थे।'' मैंने पीहू की बात को सिरे से नकारते हुए कहा।

''पर लोग तो कुछ और ही कहते हैं...'' पीहू कहते-कहते रुक गई। मैं जानती हूँ वह क्या कहने वाली थी। यही कि लोग पापा को जोरू का ग़ुलाम कहते हैं। कहते हैं कि मर्द होता और लगाम ठीक से पकड़ी होती, तो आज ये सब नहीं होता। पापा तो हमेशा ख़ुद को भूलकर माँ के बारे में सोचते थे।

साइट से कितना भी थके आएँ, अगर माँ के सिर में दर्द है तो अपनी भूख-प्यास सब छोड़कर उनका सिर दबाने बैठ जाते थे। माँ की ख़्वाहिशों और उनकी माँगों के सामने कभी पापा ने 'न' नहीं कहा। माँ की ख़्वाहिश से ही तो पापा ने अपनी हैसियत से बढ़कर वह घर बनाया था, जिसे माँ ने रास्ते का कंकड़ मानकर लात मारी और आगे निकल गईं।

"दी, कुछ बातें हैं जो मैं पहले कभी आपसे नहीं कह पाई.. .आज बताना चाहती हूँ," पीहू ने कहा तो मैं समझ नहीं पाई, अब क्या बचा है उसकी या हमारी ज़िंदगी में जो सिर्फ़ उसे पता है मुझे नहीं।

"हम्म..." मैंने बस सर हिलाकर इतना ही कहा।

"दी, उस वक़्त जब पापा साइट पर होते थे और आप स्कूल चली जाती थीं, तब कई बार वो अंकल घर आते थे माँ से मिलने।" पीहू ने कहा तो मेरी आँखों ने उसे हैरानी से देखा, उसकी आँखों में आँसू थे। नर्सरी में होने की वजह से वो स्कूल से जल्दी घर आ जाती थी, इसलिए उसे भी माँ की कई बातें पता हो सकती हैं, यह मेरे मन में कई बार आया तो था, लेकिन उसके ज़ख़्म कुरेदकर अपनी उलझनों को ख़त्म करने की हिम्मत मुझमें कभी नहीं हुई। उस छोटी-सी बच्ची से माँ की आवारगी की दास्तान सुनने का हौसला भी मुझमें नहीं था। इतने सालों तक उन बातों को ख़ुद में दबाए रखने के बाद आज वो शायद उनसे मुक्त होना चाहती है, इसलिए मेरे सामने हिम्मत कर पाई है अपनी तकलीफ़ को बाँटने की।

"स्कूल से आकर जब सोती थी तो माँ मेरे पास होती थीं, लेकिन जब उठती थी तो माँ अपने कमरे में किसी के साथ हँस रही होती थीं।"

"मेरी गुड़िया याद है आपको..." वो यादों में डूबती जा रही थी.. "उस दिन मैं माँ के कमरे के बाहर बहुत देर तक रोती रही थी... बिस्तर पर गिरने से मेरी गुड़िया का हाथ टूट गया था... और मुझे भी पैर में दर्द हो रहा था... लेकिन माँ ने दरवाज़ा नहीं खोला..." उसके हाथों की मुट्ठियाँ भिंचती जा रही थीं... जो सच सालों बाद भी इतना कड़वा है वो तब कैसा होगा जब इस नन्ही जान ने उसे भुगता होगा.. पीहू ने आज सब कुछ बाहर निकालने के बारे में सोच लिया था, इसलिए आँसू या तकलीफ़ भी उसे नहीं रोक पा रहे थे।

"मुझे जब कुछ चाहिए होता था और मैं माँ के कमरे को खोलती थी तो दरवाज़ा अंदर से बंद होता था। मेरे खटखटाने पर माँ साड़ी सँभालते हुए अंदर से निकलती थीं और...."

एक साँस में इतना ही कह पाई पीहू, फिर मेरे गले से लग गई। चीखों के साथ आँसू भी मुझे भिगो रहे थे। इतनी बातें उसने अंदर आज तक कैसे दबा कर रखीं। वह और मैं बहुत देर तक गले लगकर रोते रहे, वह सिसकियों के साथ और मैं ख़ामोशी से। मैं पूछना चाहती थी कि तुमने आज तक ये बातें किसी को बताई क्यों नहीं... मुझे क्यों नहीं बताईं", लेकिन हर बार शब्द मुँह में ही आकर रुक गए। मन ने सवाल को समझा-बुझा लिया कि इतना आसान नहीं होता उस औरत की असलियत को नंगा करके किसी के सामने कह पाना, जिसे हम माँ कहते हैं। मैं उस वजह को कुरेदकर उसकी तकलीफ़ों को ताज़ा नहीं करना चाहती थी।

"वे अब वापस क्यों आ रही हैं... किसके लिए...?" यह ऐसी बात थी जिसे मैं भूल गई थी या सच कहूँ तो याद होते हुए भी याद नहीं करना चाहती थी। चौदह सालों बाद हमारी माँ वापस आ रही थीं।

जिसके साथ भागकर उन्होंने शादी की थी, वो कुछ महीनों पहले एक एक्सीडेंट में मर चुका था। उससे उनके कोई बच्चे नहीं थे। दोनों तरफ़ के परिवारों ने उन्हें ठुकरा दिया था, इसलिए अब बुढ़ापे में अपना सहारा ढूँढ़ने बेग़ैरत होकर, कुछ दिन पहले पापा के सामने आई थीं। रोकर, गिड़गिड़ाकर माफ़ी माँगी थी। मेरी शादी का हवाला देकर उसमें अपनी मौजूदगी दर्ज करानी चाही थी। तब पापा ने कह दिया था, "अगर बच्चियाँ चाहेंगी तो तुम हमारे साथ रह सकती हो।" उनके इसी जवाब से मैं समझ गई थी कि पापा के दिल में उनके लिए मोहब्बत पूरी तरह नहीं मरी थी। नफ़रत और रुसवाई हुई ज़रूर थी, लेकिन शायद इस हद तक नहीं कि उन्हें फिर स्वीकार न किया जा सके। या पता नहीं, शायद दोनों बेटियों की शादी के बाद पापा को भी अपने बुढ़ापे में अकेलेपन का ख़ौफ़ था, जिसे वे माँ की वापसी से भरना चाहते थे। लेकिन मुझे और पीहू को उनकी किसी भी तरह से कोई ज़रूरत नहीं है और हम अपनी ज़िंदगी में उनकी वापसी नहीं चाहते- यह हम दोनों के दिल में साफ़ था।

"पीहू तुझे याद है, नर्सरी में तू 3 महीने तक अपनी क्लास की जगह मेरी क्लास में ही बैठती थी?" मैंने बात और माहौल दोनों को बदलने की कोशिश की।

"ह्म्म्म..." पीहू ने मुस्कराकर कहा।

"बेचारे हमारे टीचर्स... तुझे समझाते, बहलाते... लेकिन तू एक ही रट लगाए रहती... मुझे मेली जीजी के पास जाना है!"

पीहू कुछ कह नहीं रही, सिर्फ़ मुस्करा रही है। "और फिर जैसे-तैसे समझा-बुझाकर मैंने तुझे तेरी क्लास में बैठाना शुरू किया था" मैंने कहा।

"हाँ, कितना उल्लू बनाया है बचपन में आपने मुझे," आँसुओं के बीच हलकी मुस्कराहट के साथ पीहू बोली।

"उल्लू तो तू अभी भी है... और तुझे वो याद है... जब हम पढ़ते नहीं थे तो पापा हमें माँ की मार से बचाने के लिए कुर्सियों को मारते थे?" मैं इस वक़्त उसे हर वो मज़ेदार बात याद दिलाना चाहती हूँ, जिसमें मैं और पापा हमेशा उसके साथ थे।

"हा-हा... हाँ... कितना उल्लू बनाते थे पापा माँ को... माँ से कहते थे- ला, आज इन्हें मैं सुधारूँ और फिर हमें बाहर लाकर कुर्सियों की गद्दी पर डंडा मारते थे और हमसे कहते थे रोने की एक्टिंग करो... कितना हँसते थे हम.. सबकुछ कितना अच्छा था... और फिर एक दिन माँ ने सब बर्बाद कर दिया... अब क्यों आ रही हैं.. क्या लेने... जब हम छोटे थे, हमें उनकी ज़रूरत थी, तब वे हमें छोड़कर चली गईं... अब हमसे उन्हें कुछ नहीं मिलेगा।" अचानक हँसते-हँसते पीहू तैश में आकर बोली, फिर रोने लगी... फिर रोते हुए बोली, "अगर वे यहाँ रहेंगी तो मैं इस घर से दूर चली जाऊँगी... मैं जानती हूँ कि आज डॉक्टर ने मुझे बाहर क्यों भेजा... लेकिन दी, मैं डिप्रेशन में नहीं जाना चाहती... मैं स्लीपिंग पिल्स नहीं खाना चाहती, मैं आपकी तरह स्ट्राँग बनना चाहती हूँ।" उसने मेरी तरफ़ उम्मीद से देखा।

"मेरे साथ मेरी ससुराल चलेगी?" मैंने मुस्कराते हुए पूछा, मैंने फिर कोशिश की उसे हँसाने की।

"दहेज़ में बहनें नहीं जातीं दी।" उसने मेरी कोशिश को ख़ारिज़ न करते

हुए मुस्कराकर कहा, फिर मेरे कंधे पर अपना सर टिका लिया। कुछ देर हम वहीं लेक पर ख़ामोशी से बैठे रहे। और बैठे रहते लेकिन पापा के फ़ोन ने घर की सुध कराई। हम घर पहुँचे, तो पापा बेसब्री से हमारा इंतज़ार कर रहे थे। हॉल में सोफ़े पर पापा के साथ बैठे ताऊजी और पंडित को देखकर मुझे याद आया कि आज मेरी पीली चिट्ठी लिखी जानी है।

"पापा, जीजू दीदी को पीले रंग का लैटर भेजेंगे क्या?" पीहू को कुछ दिन पहले जब इस रस्म के बारे में पता लगा था, तो उसने पापा से पूछा था।

मैं और पापा बहुत हँसे थे, फिर पापा उसे समझाते हुए बोले थे, "पगली, पीली चिट्ठी का मतलब उस दिन पंडित को बुलाकर एक पर्टिकुलर फॉर्मेट में न्योता लिखा जाएगा, बरात बुलाने के लिए, कि शादी की तारीख़ ये निश्चित हुई है और हम आपको इस दिन बरात लाने के लिए इतने रुपए भेज रहे हैं। आप दुल्हन ले जाने के लिए पधारो, उसके बाद ही शादी के सब काम शुरू होंगे, कार्ड भी उसके बाद बाँटे जाएँगे और उसके बाद तेरी दीदी तेरे साथ कहीं बाहर नहीं घूम पाएगी।" जबसे पापा ने पीहू को पीली चिट्ठी का सच बताया था, उसके मन में मुझे खो देने का डर और पुराने हालात में वापस जाने की घबराहट पसर गई थी, जिसने उसे डिप्रेशन की इस स्टेज पर लाकर खड़ा कर दिया।

पीहू के मासूम सवाल को सोचकर मेरे होंठों पर जो क्षणिक मुस्कराहट आई थी, वह, अपने बग़ल वाली कुर्सी पर उस औरत को बैठे देख फ़िर कसैली हो गई, जिसकी अस्थियों का विसर्जन हम कबका अपने अंदर कर चुके थे। आज मन में उसके लिए 'माँ' शब्द भी नहीं आ रहा, एहसास तो बहुत दूर की बात है। घर में घुसते ही उसे बैठा देखा, तो पीहू बिना कुछ कहे ही हमारे कमरे में जाकर लेट गई। पापा हम दोनों के उतरे हुए चेहरे देखकर समझ गए कि कोई परेशानी वाली बात है।

पंडित और ताऊजी से नज़र बचाकर वे हमारे कमरे में आए तो मैंने कुछ कहे बिना उनके हाथ में डॉक्टर का प्रिस्क्रिप्शन और दवाइयाँ थमा दीं। उन्होंने कुछ देर दवाइयों को उलट-पुलटकर देखा, फिर पीहू के सिरहाने जाकर बैठ

गए। बेटियों के साथ पिता का रिश्ता कितना मज़बूत और समझ–बूझ भरा होता है, इसका एहसास मुझे आज हमारे बीच पसरी ख़ामोशी से हो रहा है। अब तक की ज़िंदगी में कई ऐसे मौक़े आए, जब हमने माँ की कमी महसूस की। बेटियों की ज़िंदगी में बाज़ दफ़ा ऐसे मौक़े आते हैं, जब उन्हें एक माँ की ज़रूरत होती है। बाज़ दफ़ा ऐसी ज़रूरतें होती हैं, जिन्हें सिर्फ़ माँ ही समझ सकती है। सीने के उभार में या नाभि के नीचे महीने के महीने उठाने वाला असहनीय दर्द ऐसा होता है, जिसे बेटियाँ पिता के सामने नहीं जता पातीं, लेकिन जब एक पिता बेटियों की ख़ामोशी भी पढ़ने लग जाए, तो माँ की ग़ैर–मौजूदगी में उसका रिश्ता अपनी बेटियों से साथ माँ–बेटी सा ही हो जाता है।

इस वक़्त बाहर बैठी उस औरत के लिए हम जो भी कहना चाहते हैं, उसे पापा बिना कहे ही समझ रहे हैं। हम तीनों एक–दूसरे से नज़रें भले न मिला रहे हों, लेकिन हमारी ख़ामोशियाँ आपस में बातें कर रही हैं।

"अरे, क्या कर रहे हो तुम तीनों, मुहूरत निकला जा रहा है?" ताऊजी ने आवाज़ लगाई तो पापा उठकर चले गए, लेकिन उनके कुछ न कहने पर मुझे तकलीफ़ नहीं हुई। अपनी मौजूदगी में वे यह एहसास करा गए थे कि वे सब ठीक कर देंगे। घर में मेहमान होने की वजह से उन्होंने बाहर जाकर किसी से कुछ नहीं कहा। बिना किसी विघ्न के वो आज शुभ काम निपटा लेना चाहते हैं।

"ॐ भूर्भुवः .." श्लोक के उच्चारण के साथ पीली चिट्ठी शुरू हुई। वे अब भी हॉल में सोफ़े पर बैठी हैं, लेकिन अब शायद उनका होना न होना बराबर है, क्योंकि बीते मिनट में ही पापा ने पंडित द्वारा मेरी माँ का नाम पूछने पर कहा है, "वह अब इस दुनिया में नहीं है"। हमारे चेहरों पर खिली मुस्कराहट के साथ आज पापा, मैं और पीहू फैमिली फ़ोटो में क़ैद हो गए हैं। उस औरत के साए से हमारी ज़िंदगी हमेशा के लिए आज़ाद हो गई है।

भँवर

बाहर घुप्प अँधेरा था, रात का नहीं, फ़रवरी के आख़िरी दिनों में होने वाली उस बेमौसम तूफ़ानी बरसात का, जो सब उजाड़ने आती है। कहीं फ़सल उजड़ती है, कहीं शादी का मंडप। ये बरसात भी गरजते बादलों और घुप्प अँधेरे के बीच लगातार चमकती बिजली के साथ सब तहस-नहस करने आई थी। बाहर भी और उसके भीतर भी। मैरिज हॉल के एक कमरे में बहुत देर से दुल्हन के लिबास में लिपटी हुई वह, इस बर्बादी भरे तूफ़ान के थमने के इंतज़ार में एक-एक लम्हा गिन रही थी। आज किस मुँह से वह यह शादी करे, उसे उसके ऊपर सजा लाल रंग आज गुनाह का वह रंग दिख रहा था जिसमें छुपाकर उसे ख़ुद को किसी ऐसे इंसान के हवाले करना था, जो दिल से, व्यक्तित्व से और हर उस तरीक़े से क़ाबिल था, जिन्हें लड़कियाँ अपने पति के लिए आइडियल पैमाना मानती हैं। फिर भी शादी के इस लम्हे में अपने होंठों को मुस्कराने के लिए वह ख़ुद को मजबूर नहीं कर पा रही थी। उसे ये

सब धोखा लग रहा था, दिल बार-बार उसे यही कह रहा था, "बस, एक बार अपना सच उस इंसान के सामने रख दो जो तुम्हें अपना सबकुछ मानने के लिए तैयार खड़ा है, जो तुम पर आँख बंद करके भरोसा करने लगा है और अपनी ज़िंदगी पर तुम्हें पूरा हक़ दे रहा है... इसलिए तुम्हारा भी यह फ़र्ज़ बनता है कि तुम उस हक़ का ग़लत इस्तेमाल न करो... जाओ जाकर कह दो उससे कि तुम पाक नहीं हो।" यह ख़्याल पिछले दो घंटों से उसके ज़ेहन में खिड़की पर रखी उस अधखुली किताब के पन्नों की तरह फड़फड़ा रहे थे, जो पलट-पलटकर कुछ अधूरे क़िस्सों के शब्द दिखा जाते हैं और मन फिर उसी तरफ़ भागने लगता है, उन पढ़ चुके, जी चुके क़िस्सों को फिर से खँगालने। शिखा का भी यही हाल था। बहुत देर से उसका मन उसका हाथ खींचकर उसे उस अँधेरी गली तक ले जाने की कोशिश कर रहा था, जहाँ से होकर गुज़री थी उसकी वह मोहब्बत जिसे वो अब नापाक मानती है। 13 साल की थी, जब ननिहाल की एक शादी में जाकर हँसी-ठहाकों के बीच कब उससे वह सब करवा लिया गया, जिसका एहसास उसे कई सालों बाद हुआ कि वह सब नहीं होना चाहिए था।

बीती बातें याद आते ही उसका हाथ ख़ुद-ब-ख़ुद उसके शरीर पर घूमने लगा। अब कई सालों की मेहनत के बाद उसके शरीर पर वे उभार थे जिनसे लड़कियाँ जलती थीं। लड़के जिन्हें देखकर कनखियों से आहें भरते थे। जब वह स्किन टच टॉप पहनकर सहेलियों के साथ होती थी, तो वे भी उसकी कमर में हाथ डालकर उसे छेड़ दिया करती थीं, कहती थीं कि तेरे पति की नज़र कभी इधर-उधर भटकेगी नहीं, इतनी क़ातिल कमर के इर्द-गिर्द ही घूमता रहेगा!" लेकिन आज उसके हाथ इन उभारों के पीछे छुपी उस चर्बी को ढूँढ़ रहे थे, जिसकी वजह से यही लोग जो आज उसके हुस्न की तारीफ़ें करते नहीं थकते, कभी उसका मज़ाक़ उड़ाया करते थे। आज उसे आईने में खड़ी दुल्हन के पीछे से झाँकती 13 साल की वह शिखा नज़र आने लगी जो मोटी थी, बेडौल थी और ख़ुद को बदसूरत मानती थी। उस उम्र में जब लड़कियाँ ख़ुद को जवान समझने लगती हैं लेकिन होती बच्ची ही हैं। तब शिखा को भी मोटा, पतला, सेक्सी, सुंदर, बदसूरत जैसे शब्दों का मतलब समझ आ गया था और तभी से उसने ख़ुद को मोटी, बेडौल और बदसूरत की क़तार में

खड़ा कर दिया था। अपने रंग-रूप को लेकर लड़कों की अपेक्षा लड़कियों की फ़ीलिंग्स ज़्यादा नाज़ुक होते हैं, ऐसे में यदि वे एक परफ़ेक्ट मानी जाने वाली क़द-काठी या रंग-रूप से थोड़ी-सी भी अलग हों तो, वे ख़ुद को बदसूरत समझने लगती हैं। इसका ज़िम्मेदार कौन है ? शायद समाज में फैले सुंदरता के पैमाने, फ़ेयरनेस क्रीम्स या फ़िल्म और टीवी जगत में दिखता सुंदरता के लिए बौरायापन या कुछ और... किसी एक को दोष देने या किसी एक को गुनहगार निर्धारित करने वाले हम कोई नहीं। शिखा भी बढ़ती उम्र में उन चीज़ों की तरफ़ खिंचने लगी थी, लेकिन जब दुकान में उसकी माँ उसके लिए एक्स-एल साइज़ के कपड़े माँगती तो वह ख़ुद को अपनी ही नज़रों में गिरा देती। ऐसे में ख़ुद के लिए हीनभावना से घिरी हुई उस छोटी-सी शिखा से अगर कोई मोटी कह देता तो वह उसकी हेट लिस्ट में आ जाता और अगर कोई उसकी तारीफ़ कर देता तो उसकी लव लिस्ट में आ जाता। उसे कहाँ पता था कि उसकी इस मासूम कमज़ोरी पर किसी गिद्ध की नज़र पड़ चुकी है। अपने शरीर की गर्मी को ठंडा करने के लिए वह शिखा के भोलेपन का फ़ायदा उठाने की चालाकियाँ बुनने लगा है। शादीवाले घर में एक दिन मौक़ा देखकर उसने शिखा पर अपना पहला जाल फेंक दिया।

उस शादी में शिखा ने पहली बार लहँगा-चुनरी पहना था। तैयार होने की हर कसर पूरी की थी। काजल से आँखों को सजाकर वह ख़ुद की आँखों पर इतरा रही थी। होंठों पर लिपस्टिक लगाकर उन्हें मिलाकर, एक-दूसरे से दबाकर बिलकुल वैसे ही लिपस्टिक सेट की थी जैसे अपनी माँ को अक्सर करते हुए देखा था। माँ ने प्लेट्स बनाकर सीना ढकते हुए दुपट्टा पहनाया, तो उसने उसे हटाकर गले में डाल लिया था, ताकि सेक्सी दिखने की एक छोटी-सी कोशिश की जा सके। लेकिन ममेरे भाइयों ने उसकी तारीफ़ करने की जगह उसे सताने में कोई कसर नहीं छोड़ी थी, ''छोटे हाथी को लहँगा स्पेशल नाप देकर बनवाना पड़ा होगा न।'' शिखा की हालत उस वक़्त काटो तो ख़ून नहीं वाली ही थी। पूरी शादी में वैसी ही रहती अगर उस दिन राहुल ने हीरो वाली एंट्री देकर सबका मुँह बंद न कराया होता।

शादी वाले घर में कोई कोना बमुश्किल ढूँढ़कर शिखा रो रही थी। जितनी ख़ुशी से वह तैयार होकर आई थी, उस पर उसके ममेरे-मौसेरे भाइयों ने पानी

फेर दिया था। ख़ुद को बदसूरत मान लेने की तकलीफ़ आँसू बनकर बहे जा रही थी। तब राहुल ने उसे ढूँढ़कर उसे संभाला, "तुम्हें पता है कि तुम बहुत प्यारी हो, इसलिए सब तुमसे जलकर तुम्हें चिढ़ाते हैं।"

राहुल ने कहा तो शिखा और ज़ोर-ज़ोर से रोने लगी। राहुल शिखा की चचेरी मौसी का बेटा था, उम्र में उससे 7 साल बड़ा था। घर के बच्चों में उसकी धौंस भी ख़ूब जमी हुई थी, जिसका फ़ायदा उठाकर उसने सबको तरीक़े से फटकार कर समझाया कि बड़ी होती शिखा को अब इस तरह की बातें कितना नेगेटिव बना सकती हैं। सबके सामने उसने कहा, "आज के बाद अगर शिखा को किसी ने भी सताया तो मैं उसकी ख़बर तरीक़े से लूँगा।" उस दिन राहुल की बातों से शिखा को न सिर्फ़ थोड़ी पॉजीटिविटी मिली, बल्कि पूरा दिन वह राहुल से तारीफ़ें पाने की कोशिश करती रही। राहुल भी तो यही चाहता था। टीन एज के कुछ साल विदेश में बिता चुका, घर-परिवार से बेपरवाह राहुल सिवाय अपनी सगी बहन के किसी और को बहन नहीं मानता था। "I would like to be your friend instead of your brother," अपनी चचेरी, ममेरी बहनों के लिए यह राहुल की टैग लाइन थी। उसकी इन बातों पर सब खिलखिलाकर हँस देते थे और 'पगला है' कहकर बातें आई-गई हो जाती थीं।

राहुल की ख़ुशमिज़ाज फ़ितरत, तारीफ़ों के पुल बाँधकर सबको अपना बना लेने की आदत, स्पाइकी बाल, हलकी-सी काली दाढ़ी, उसमें से झाँकते गोरे गाल, मोह लेने वाली आँखें और किसी फ़ौजी-सी क़द-काठी देखकर उसकी हमउम्र लड़कियाँ आहें भरे बिना नहीं रह पाती थीं। कुछ दोस्तों में वह कैसेनोवा के नाम से फ़ेमस था और कुछ में बैड बॉय, लेकिन उसके बारे में बात करने वाले सभी थे। शिखा इस शादी में राहुल से पहली बार मिली थी, लेकिन कम समय में ही मक्खन-मलाई वाली बातों ने राहुल को उसका चहेता बना दिया था। एक तरफ़ जहाँ शिखा उसे बतौर कज़िन के रूप में देख रही थी, वहीं राहुल की नज़र उस पर ठीक नहीं थी। इस बात की भनक शिखा के भोलेपन को तब तक नहीं लग पाई, जब तक राहुल ने रात के वक़्त शिखा के भोलेपन का फ़ायदा उठाने की नंगी कोशिश नहीं की।

शादी के माहौल में जब सब थककर सो गए, तब गहरी नींद में डूबी

शिखा ने अपने शरीर पर कुछ हरक़त महसूस की। देखा तो राहुल था। उसने शिखा के होंठों पर हाथ रखा और चुप होने का इशारा किया। अगले मिनटों में शिखा राहुल के साथ सबकी नज़रों से बचते हुए बालकनी में खड़ी थी। आँखों में सवाल और चेहरे पर घबराहट पसरी थी। सामने खड़ा राहुल शिखा की तुलना में उतना ही कूल दिख रहा था।

कुछ देर की चुप्पी के बाद शिखा ने जब आँखों से सवाल किया, तो बहुत ही आसान शब्दों और सामान्य-से हाव-भाव के साथ राहुल ने शिखा से कह दिया, "please don't take it otherwise but I think I am falling for you..."

"लेकिन भैया... आप और मैं तो..." शिखा को जब बात का मतलब समझ आया तो घबराकर बोली।

"मैं तुम्हें अपनी बहन नहीं मानता... मैं तुमसे प्यार करता हूँ...।" राहुल ने उसे बीच में ही रोकते हुए कह दिया।

बात कुछ देर के लिए वहीं ख़त्म हो गई, शिखा को समझ नहीं आया कि ऐसी सिचुएशन में क्या कहना चाहिए। कॉन्वेंट स्कूल की आठवीं क्लास में पढने वाली शिखा के लिए प्यार, लव रिलेशनशिप जैसे शब्द नए तो नहीं थे, लेकिन क्लास की हॉट लड़कियों और डैशिंग लड़कों के अलावा यह मौक़ा उसके जैसी मोटी लड़की को भी मिल सकता है- यह उसने सोचा नहीं था। न ही यह सोचा था कि किसी ऐसे लड़के के साथ होगा जो हाल ही में बतौर कज़िन उसके सामने आया है।

शिखा के मन में सिक्के के दो पहलू उछल रहे थे, जो कभी शिखा को राहुल की बहन बने रहने को कहते थे, तो कभी ये कहते कि 'भाई है', तो घरवालों ने कहा न.. कुछ घंटे में कोई किसी का भाई तो नहीं बन जाता। डर और घबराहट से जब शिखा ने अपनी दलीलों में अपने छोटे होने का ज़िक्र किया तो राहुल ने उसे उसके पीरियड्स का हवाला देकर, उसकी क्लास की सुंदर लड़कियों के अफ़ेयर का हवाला देकर, पुराने ज़माने में इस उम्र में होने वाली शादियों का हवाला देकर और विदेश में कम उम्र में बनने वाले रिलेशनशिप्स का हवाला देकर समझाया कि वह भी अब प्यार-रिलेशनशिप

में पड़ने लायक़ हो गई है। जवान हो गई है। अगर क़ानूनन शादी नहीं तो प्यार तो कर ही सकती है। बहुत देर की मशक़्क़त के बाद राहुल शिखा को यह समझाने में कामयाब हो गया कि जब वे दोनों एक-दूसरे को भाई-बहन की नज़र से देखते ही नहीं, पहली बार मिले हैं तो क्यों वे एक-दूसरे से प्यार नहीं कर सकते। कुछ कज़िंस में हुई शादियों के झूठे-सच्चे क़िस्से सुनाकर राहुल शिखा को यह यक़ीन दिलाने में कामयाब हो गया कि कज़िंस के बीच अफ़ेयर होना न कोई नई बात है... और न ही पाप या गुनाह है।

"परिवार और सोसाइटी तो बहुत-सी चीज़ों को ग़लत कहती है, पर क्या हम वे सारी बातें मानते हैं? जब तुम अपनी क्लास की सबसे सुंदर लड़की को क्लास के सबसे हॉट लड़के के साथ घूमते देखती हो, तो तुम्हें नहीं लगता कि काश ऐसा तुम्हारे साथ भी हो, कोई हो जो तुम्हें गिफ़्ट्स दे, तुम्हें डेट पर ले जाए, तुम कोई प्यारी-सी ड्रेस पहनो और वह तुम्हारी तारीफ़ करे, तुम्हारी इतनी प्यारी आँखों की तारीफ़ करे, तुम्हें कॉम्प्लीमेंट्स दे, तुम्हारे नखरे उठाए... ?" जब शिखा ने परिवार और लोगों का हवाला दिया तो राहुल ने ये सब कहकर चुप करा दिया। राहुल बोलता जा रहा था और शिखा का मन घर-परिवार में उसके शरीर की वजह से उड़े मज़ाक़ की टीस को महसूस कर रहा था, महसूस कर रहा था कि हाँ, वह चाहती है ये सब।

राहुल ने उससे फ़्यूचर में, जब वे दोनों इस लायक़ हो जाएँगे, शादी का वादा किया तो शिखा राहुल के मोहजाल में फँसने से ख़ुद को रोक नहीं पाई। लेकिन राहुल की कुछ शर्तें भी थीं।

"हाँ, मैं तुम्हें बहन नहीं मानता, लेकिन जब तक तुम शादी लायक़ नहीं हो जाती तब तक तुम्हें मुझे सबके सामने भैया ही कहना होगा।" राहुल की कही यह एक ऐसी बात थी जिसके लिए शिखा बहुत आनाकानी के बाद मानी थी, क्योंकि उसकी नज़र में भाई-बहन का रिश्ता बहुत साफ़ और पाक होता है, लेकिन राहुल के प्यार के वादे और बातों के सामने शिखा की सोच-समझ कब पिघली वह ख़ुद नहीं जान पाई। अपने मोटापे की वजह से अपनी सहेलियों और घर की दूसरी लड़कियों के सामने ख़ुद को हमेशा बदसूरत महसूस करती शिखा को जब लगा कि उसे कोई सच्चा प्यार कर रहा है, तो उसके मासूम मन ने उससे कोई भी सवाल नहीं किया। तब भी नहीं जब राहुल

उसके सीने पर हाथ फेरकर उसे सहलाता।

"तुमने कितना ख़ूबसूरत हुस्न पाया है शिखा। तुम्हें पता है, लड़कों को भरा हुआ गद्दैदार शरीर ही तो अच्छा लगता है, सूखी हड्डियाँ किसी को अच्छी नहीं लगतीं।" शिख़ा की तारीफ़ में जब राहुल इस तरह के कसीदे पढ़ता, तो वो कभी शरमाकर तो कभी खिलखिलाकर हँस देती। राहुल के छूने से शिखा को जब यह एहसास हुआ था कि उसके शरीर पर कोई ऐसा ख़ास अंग भी है, जिसे छूने से एक अलग-सी, अंदर तक जाने वाली फ़ीलिंग होती है, तब वह पूरी रात नहीं सोई थी।

"पुराने ज़माने में बाल विवाह होते थे, तब भी तो लड़के-लड़कियाँ एक-दूसरे को छूते थे, प्यार करते थे... तो तुम ख़ुद को छोटा मत मानो डिअर... तुम बड़ी हो गई हो... पाँच फ़ुट चार इंच की लड़की भी छोटी होती है भला!" कहीं-न-कहीं घरवालों का डर तो था, लेकिन जब राहुल ऐसी बातें करता तो शिखा इतराती कि और कुछ नहीं तो कम-से-कम ऊपरवाले ने उसे लंबाई तो ठीक ही दे दी है।

उस शादी में तो राहुल को ज़्यादा मौक़ा नहीं मिला, इसलिए उसने शिखा को गर्मियों की छुट्टियों में अपने घर बुला लिया। घरवालों ने भी मौसी के घर भेजने में कोई हर्ज़ ज़ाहिर नहीं किया, उन्हें तो लगा कि शिखा कभी अपनी उन मौसी के घर गई नहीं है तो इस बार घूम आएगी। फिर 'राहुल भैया की लाडली है, अपने मोटापे के फ़ितूर से कुछ बाहर निकलेगी'। उन्हें कहाँ पता था कि जिस फ़ितूर से बाहर निकालने की वे सोच रहे थे, वह फ़ितूर शिखा को एक ऐसे दल-दल में धकेल देगा जिससे वह एक दिन ख़ुद नफ़रत करने लगेगी।

कुछ ही दिनों में शिखा को यह समझ आ गया कि उसे राहुल का साथ अच्छा लगा था, उसका शरीर को छूना नहीं। वह आनाकानी करके अक्सर राहुल से बचने कोशिश करती थी। उस वक़्त वह ग़लत-सही नहीं जानती थी। बस उसे लगता था कि राहुल जो करता है उसमें एक नंगापन है, भद्दापन है। पर मन के मसले एक नहीं थे, जहाँ हर जगह उसे उसका मज़ाक़ उड़ानेवाले और उपेक्षा की नज़र से देखनेवाले ही मिलते, वहाँ राहुल इकलौता उपासक

था। नतीजतन उसे अक्सर राहुल की चपेट में आना ही पड़ता था। शिखा जब छुट्टियों में राहुल के घर गई, तब उसने उन दोनों के बीच कपड़ों की वह दीवार भी हटा दी, जो बड़ी मुश्किल से शिखा बचाकर रखना चाहती थी।

उस दिन घर पर कोई नहीं था. गर्मियों की दोपहर दुनिया को जला रही थी और राहुल की हवस उसे अंदर से। गेस्ट रूम में सोई शिखा के ऊपर से चादर हटाकर राहुल ने उसे अपने बाँहों में चपेट लिया।

''आप पागल तो नहीं हो गए हैं!'' शिखा ने जब राहुल के मंसूबे समझे तो अपनी फ्रॉक को संभालते हुए बोली।

''श्श्हह्ह... आवाज़ नहीं... सिर्फ़ प्यार...'' राहुल ने आँखें तरेरते हुए, कुछ धमकी भरे लहज़े में शिखा के होंठों पर उँगली रख दी, जैसे कह रहा हो कि आज तुम कितने भी बहाने कर लो मैं छोडूँगा नहीं। फिर धीरे-धीरे अपनी हवस को उस चरम तक ले गया, जहाँ पहुँचने की कल्पना शिखा उस उम्र में नहीं कर सकती थी।

वह दिन शिखा को झकझोर कर चला गया। उसके होंठ काँप रहे थे और रूह रो रही थी। जो राहुल और उसके बीच हुआ उसने शिखा की आँखों से प्यार की पट्टी नोचकर फेंक दी। उसे ये एहसास करा दिया कि राहुल की हवस की चपेट में आने के बाद अब वह किस तरह इस जाल से बाहर निकलेगी। जल्दी ही उसकी मोहब्बत ने उसे यथार्थ में लाकर खड़ा कर दिया, लेकिन राहुल के मंसूबे इतनी आसानी से शिखा को आज़ाद करने के नहीं थे। वह बातों से शिखा को बहलाने में कामयाबी हासिल कर ही लेता था।

कुछ सालों तक उनका रिश्ता उस पेड़ और अमर बेल के रिश्ते की तरह चलता रहा, जिसमें अमर बेल न तो उस पेड़ को पनपने देती है न मरने देती है। शिखा की हालत भी उस पेड़ की तरह थी, जो न तो राहुल के शिकंजे से आज़ाद हो पाती थी, न उसके साथ ख़ुश रह पाती थी। शिखा के लिए वह रिश्ता एक मजबूरी बन गया, जिसे वह न चाहते हुए भी ढोती रही।

वह चाहती थी कि उस रिश्ते को ख़त्म कर दे, लेकिन क्या कहकर ख़त्म करेगी? उसने तो ख़ुशी-ख़ुशी उस रिश्ते की शुरुआत की थी? अब कैसे कह दे जिसे वह प्यार समझती थी वह हवस निकली, तब क्या होगा अगर राहुल

ने ग़ुस्से में आकर किसी से इन सबके बारे में कह दिया? उसके स्ट्रिक्ट पापा और कंज़र्वेटिव मम्मी उसका घर से निकलना ही बंद करा देंगी। बाहर हॉस्टल में जाकर पढ़ने, कुछ बनने की इच्छा सिर्फ़ इच्छा ही रह जाएगी और हो सकता है कि पापा आनन-फानन में उसकी शादी भी करा दें...क्या कहेगी घरवालों से? क्यों उसने शुरू में ही सबको सबकुछ नहीं बताया? उसे ही सब ग़लत बोलेंगे? आईने में अपनी ही शक्ल पर कालिख पुतने का डर शिखा को कभी अपनी मजबूरी ज़ाहिर करने के लिए आगे नहीं बढ़ा पाया। "मन को डराने वाले शब्दों ने लड़कियों की पूरी पीढ़ी को या यूँ कहें कि लड़की ज़ात को अब तक इतना झुकाकर रखा कि उनकी पीठ में डर का कूबड़ निकल आया है। अब वे चाहकर भी आवाज़ उठाने से या नापसंदगी के ख़िलाफ़ सीधी होकर डटकर खड़ी होने से इतना डरती हैं कि कहीं पीठ चटख न जाए।"

उसी डर की चपेट में शिखा भी घुलती रही और सोचती रही कि कोई तो होता जिससे वह अपनी मजबूरी कह पाती। कह पाती कि उसने ऐसा तो नहीं चाहा था। कोई तो होता जो उसे इस दल-दल से निकाल पाता, जिसके बीचों-बीच खिले फूल को पाने की चाहत में वह ख़ुद घुसी थी। घरवालों के कटाक्ष से बचकर तारीफ़ पाने की चाहत उसे इस हद तक ले डूबेगी- यह उसे अब कचोटने लगा था। इस टीस की तकलीफ़ और घुटन में साल बीतते गए और एक दिन शिखा को ख़बर मिली कि राहुल शादी कर रहा है। अपने माँ-पापा के साथ शिखा भी शादी में पहुँची थी। राहुल के अलावा शिखा को देखकर सब बहुत ख़ुश थे। अपने प्यारे भाई की शादी में उसे तो होना ही था। मेहमानों से भरे घर में अगर किसी नए रिश्तेदार से शिखा को मिलवाया जाता, तो 'राहुल की चहेती बहन' कहकर ही मिलवाया जाता। इन शब्दों को सुनकर शिखा के होंठ मुस्कराते और मन रोता। अपने भीतर के आँसुओं को ख़ुद ही पोंछने के अलावा शिखा के पास कोई और रास्ता नहीं था। मंडप में उसकी जगह किसी और लड़की को राहुल की दुल्हन बनाकर बैठाया जा चुका था। राहुल जितनी कोशिश करता शिखा से नज़रें चुराने की, शिखा की नज़रें उसे ख़ुद पर उतने ही तीखेपन से चिपकी नज़र आतीं।

उस दिन शिखा रोई नहीं, बस बुत बनकर उस शादी का तमाशा देखती रही। कर भी क्या सकती थी, क्या कहती कि सालों तक शारीरिक संबंध

बनाने के बाद अब उसकी मोहब्बत भाई–बहन के रिश्ते में बदलना चाहती है ? जिस शादी के सपने दिखाकर सालों तक उसके शरीर से खिलौने की तरह खेला गया, वह अब बीवी की जगह ननद बन गई और प्रेमिका से बहन बन गई। एक नन्ही खिलती कली को पौधे से अलग तो नहीं किया गया, बस हर रोज़ थोड़ा मसलकर उसका रस निकाला जाता और उसे सहलाया जाता कि जिस दिन तुम पूरी खिल जाओगी उस दिन तुम्हें देवता के माथे पर सजा दिया जाएगा। पर वह देवता नहीं राक्षस निकलेगा– यह समझ जब तक आई, तब तक सबकुछ तहस–नहस हो चुका था। ख़त्म हो चुका था। तिनका–तिनका करके सारी पत्तियाँ झड़ने के बाद फूल में अब सिर्फ़ ठूँठ बचा था।

"शिखा... दरवाज़ा खोल बेटा... बरात आ गई है।" शिखा को पता नहीं चला कि कब बारिश का तूफ़ान थम गया और बरात एक छोटा–सा चक्कर मारकर शिखा का दूल्हा ले आई है। जब माँ ने दरवाज़ा खटखटाया तब उसे होश आया।

"माँ, मैं वरमाला के लिए जाने से पहले राहुल से बात करना चाहती हूँ," शिखा ने कहा तो माँ को कुछ समझ नहीं आया, लेकिन उन्होंने फ़ौरन राहुल को बुलवा दिया। उनकी नज़र में शिखा अब भी राहुल भैया की लाडली बहन ही थी, लेकिन राहुल के आते ही शिखा ने अपनी माँ की आँखों से वह पर्दा हटा दिया, जिसकी ओट में इतने सालों तक वह घिनौना खेल चलता रहा। अपनी माँ के सामने उसके गालों पर ज़ोर से चाँटे रसीद किए और उसके बाद उससे हमेशा के लिए रिश्ता तोड़कर अपनी वरमाला की रस्म के लिए आगे बढ़ गई... पहले वाली शिखा को हमेशा के लिए मारकर एक नई शिखा को नई ज़िंदगी देने।

नीरू

'तेरा करूँ दिन गिन-गिन के इंतज़ार, आजा पिया आई बहार...'

घर के बाहर स्कूटी स्टैंड पर टिकाते ही कानों में गीत के बोल पड़े तो बबीता समझ गई कि भीतर क्या चल रहा होगा। कई बार वह स्कूल से बीच में आई है। कामवालियों पर अचानक धावा बोलने की ज़रूरत वह ख़ुद तो समझती ही है, दूसरों को भी नसीहतें देती रहती है। आज भी यह फ़्लाइंग स्कॉड की रेड थी। बबीता ने घंटी बजाई। अपनी धुन में सवार नीरू कहाँ सुनने वाली थी, वह तो 'मोहिनी मोहिनी मोहिनी' के सपनों में खोकर 'सोलह किए थे सिंगार' पर थिरक रही थी। ऐसे समय में नीरू के कानों में फ़िल्टर लग जाते। उसे गाने और धुन के अलावा कुछ सुनाई ही ना देता।

दो-तीन बार जब घंटी लगातार बजी तब नीरू ने हड़बड़ाकर टीवी बंद कर दी। दरवाज़ा खोलते ही बबीता को देखकर खिलखिला दी। हर समय खिलखिला देना और मोती जैसे दाँत दिखाकर अपनी ग़लती को भी हवा में

उड़ा देना नीरू का जन्मजात गुण है। बबीता की आँखों में क्रोध और अनदेखी का मिला-जुला भाव उभरा। उसने घुसते ही नीरू के सर पर एक चमाट मारी, "कितनी बार कहा है बिट्टू कि सामने ये सब नाच-गाना मत किया कर।"

"अरे दीदी, उसे तो मज़ा आता है। देखो कैसे नाच रहा है!" नीरू ने दोनों हाथ की उँगलियाँ उठाकर बिट्टू की ओर देख नाचने की एक्टिंग की। बिट्टू भी गोल-गोल घूमकर नाचने लगा।

"हाँ बस यही सब सीखेगा।" बबीता ने बिट्टू को गोद में उठाते हुए कहा, "किसी दिन इसके पापा को पता चला ना तो तेरी और मेरी दोनों की नौकरी जाएगी।"

'खी-खी-खी' करके नीरू हँसी तो बबीता को और ग़ुस्सा आ गया। "चल जा अब बत्तीसी मत दिखा, जाके सिकंजी बना दे। सावन आ गया लेकिन गर्मी ने प्राण नहीं छोड़े। उफ्फ ये उमस!" कहकर बबीता माथे से पसीना पोछने लगी।

डांस में पड़े इस अनचाहे ख़लल पर पैर पटकते हुए नीरू रसोई में चली गई। वह बस दो ही तो काम मन से करती थी, हँसना और नाचना। बाक़ी सब सिर्फ़ पेट की ज़रूरत के लिए।

"आप मेरे लिए क्या लाए हो?" बिट्टू ने बबीता की गोदी में लोटते हुए पूछा।

"बेटा, रोज़-रोज़ थोड़ी लाते हैं। कभी-कभी लाते हैं ना।" बबीता बिट्टू को सहलाने लगी, "और आपने क्या-क्या किया आज? नीरू दीदी ने मारा तो नहीं?"

"कैसी बातें करती हैं दीदी!" सिकंजी का गिलास हाथ में पकड़ाते हुए नीरू बोली, "मैं भला इसे क्यों मारूँगी?" फिर उसने बिट्टू को गोद में लिया और कंधे पर बैठाते हुए बोली, "ई छहुआ त मोर प्यारा बाबू हइल।" और उसे लेकर नाचने लगी।

"अच्छा अब ये नाचना बंद कर और जा इसे थोड़ा बाहर घुमा ले। मैं थोड़ा लेटूँगी।" सोफ़े पर लेटकर बबीता ने आँख मूँदते हुए कहा, "दरवाज़ा ढँक देना बाहर जाते हुए।" सामान्य दिनों में बबीता साढ़े चार तक घर आती

है। कभी–कभी नीरू की निगरानी के लिए जल्दी आ जाती है।

नीरू बिट्टू को कंधे पर बिठाए–बिठाए ही बाहर ले आई। दोपहर के ढाई बज रहे हैं। उमस हो रही है। बदली छाई है। बस हवा और पानी दोनों नदारद हैं। धूप होती तो बबीता ख़ुद ही बिट्टू को बाहर नहीं भेजती। अभी तो आराम से बिट्टू बाहर खेल सकता है।

बिट्टू को कंधे पर बिठाए हुए ही नीरू भांगड़ा करने लगी। बिट्टू खिलखिला रहा है। नीरू का मुँह दरवाज़े की तरफ़ हुआ तो उसे 'स्वदेशी चाट भंडार' दिख गया। नीले रंगे ठेले से तवे पर जब लोहे की करछी से 'ठक–ठक–ठक' की आवाज़ उठी तो बिट्टू 'पुचका खाऊँगा' चिल्ला उठा।

बिट्टू का कहना था कि ठेले वाले ने झट से एक पुचका बिट्टू की तरफ़ बढ़ा दिया। फिर उसकी पुतलियाँ नीरू पर टिक गईं। यह भी कोई पहली बार नहीं हो रहा था। हर रोज़ के किसी दैनिक कार्यकलाप की तरह दोहराया जा रहा था।

''मम्मी डाँट लगाएँगी।'' नीरू ने बिट्टू को कहा और घर के भीतर जाने लगी।

''मैं पुचका खाऊँगा, मैं पुचका खाऊँगा।'' बिट्टू ने ज़िद पकड़ी तो नीरू दरवाज़े की तरफ़ बढ़ गई। ठेले वाले की पुतलियाँ इतनी देर में तनिक भी नहीं हिलीं। वे बड़ी ही एकाग्रता से इसी तरह रोज़ नीरू पर ठहर जातीं। नीरू झल्ला जाती, ''मोहन भैया से शिकायत करबूँ, ऐसन घूरत रहबे तब खोज लेबे अपन ठेला ठन दूसर ठौर।'' कहते हुए नीरू मुड़ जाती। बिट्टू 'चबड़–चबड़' की आवाज़ के साथ पुचका चबाता रहता। नीरू के मुड़ते ही ठेला वाला भी मुस्कुराकर आगे बढ़ता और घर की बाउंड्री से लगी मेहँदी से सटकर अपना ठेला लगा लेता।

क़स्बे के तिराहे पर रहते हैं बबीता और उसके पति मोहन। तीन वर्ष पहले ही यहाँ आए हैं। मोहन का तबादला हुआ था। पास की ही एक खदान में वह मैनेजर है। बबीता ने इसी साल से प्राइमरी स्कूल में पढ़ाना शुरू किया है। बिट्टू अब तीन का होने वाला है तो उसने नीरू के रूप में एक अच्छी और ईमानदार बेबी–सिटर ढूँढ ली। मोहन बहुत मुश्किल से माना था। उसने

नीरू को लेकर बहुत पड़ताल की थी तब काम पर रखा था। ''बच्चे का मामला है ऐसे ही कैसे किसी को भी काम पर रख लें?'' जब पहली बार बबीता ने नीरू के बारे में बताया तो मोहन ने यह कहा था। फिर क़स्बे के ही कुछ जानने वालों से उसके बारे में पता किया और इस काम पर रज़ामंदी की मुहर लगा दी।

नीरू को यहाँ काम करते तीन ही महीने हुए हैं। वह सुबह छह बजे आ जाती है और शाम सात बजे तक रहती है। बिट्टू के अलावा वह खाना, बरतन, कपड़े और सफ़ाई भी सँभालती है। इतने के बाद अगर समय बच जाए तो उसके लिए भी बबीता के पास दूसरे कामों की एक लंबी लिस्ट होती है। नौकरों को ख़ाली बैठे देखते ही मन कुलबुलाए नहीं तो आप अच्छे संचालक नहीं।

नीरू और बिट्टू बगीचे की घास पर बैठकर खेल रहे हैं। किसी ने पीछे से आकर नीरू की कमर पर हाथ रखा तो नीरू सकुचा गई। फुसफुसाते हुए बोली, ''दीदी हैं अंदर।''

''तो क्या? अंदर हैं ना।'' सुजीत ने धीमे-धीमे नीरू की पीठ पर हाथ फिराया तो उसकी रीढ़ में सिहरन हो उठी। वह तनकर बैठ गई। हल्की-सी मुस्कुराहट उसके होठों पर पसर गई। लज्जा उसके गालों पर गुलाब-सी खिल उठी। नीरू ने आँखें दिखाईं तो सुजीत वहीं घास पर पसर गया और बिट्टू के साथ खेलने लगा। उसने बिट्टू को अपने पेट पर बैठाया। जेब में हाथ डाला और बिट्टू को एक चॉकलेट दी। दूसरी जेब में हाथ डाला और स्वीटी सुपारी का एक पैकेट नीरू के हाथ में रखते हुए उसने धीमे से नीरू का हाथ दबाया। नीरू ने फिर आँखों से उसे दुत्कारा और मुस्कुरा दी। अगली ही घड़ी में 'खड़ड़-खड़ड़-खड़ड़' की आवाज़ के साथ स्वीटी सुपारी का पैकेट फटा और नीरू ने चार दाने निकाले। दो अपने मुँह में डाल लिए दो सुजीत के मुँह में डाल दिए। सुजीत ने होठों से उसकी उँगली पकड़ी तो नीरू ने झट से हाथ हटाया और मुस्कुराकर उठ गई। वह पीछे मुड़ी तो उसे चाट वाले की नज़र ख़ुद पर ही गड़ी मिलीं। वह झेंप गई। ऐसा नहीं था कि नीरू और सुजीत का प्रेमालाप पहले कभी गार्डन में ना हुआ हो। लेकिन फिर भी कोई देख रहा है, यह पता चलते ही नीरू यूँ झेंप जाती मानो चोरी पकड़ी गई हो। उसे यह

डर भी लगता कि कहीं किसी दिन यह चाट वाला बबीता या उसके पति से कुछ ना कह दे।

''एखन महीना होलक तो मोर प्रेम कहानी कर शुरू होलक ई कौवा नजर बैठाल पड़ल हैख।'' चाट वाले की तरफ़ ग़ुस्से से बड़बड़ाते हुए नीरू दरवाज़ा खोलकर भीतर चली गई।

''ज़रा बढ़िया-सी चाय तो बना दे।'' भीतर घुसी तो बबीता बोली, ''सुजीत भी आने वाला होगा।''

''आ गए हैं।'' नीरू बोली और रोमांच से उपजी मुस्कान छुपाते हुए रसोई में चली गई। बबीता ने मुँह फाड़कर उबासी ली और उठकर बाहर आई।

''तू कब आया रे?'' बबीता ने सुजीत से पूछा।

''बस अभी-अभी।'' सुजीत बिट्टू को खिलाते हुए बोला।

''आवाज़ तो तेरी बड़ी देर से आ रही है।'' बबीता बोली तो सुजीत झेंप गया। उसे लगा बबीता ने कहीं उसकी और नीरू की बातें तो नहीं सुन लीं। वो झट से बोला, ''हाँ, ज़्यादा देर नहीं हुई। बिट्टू को इधर खेलते देखा तो यहीं बैठ गया था।'' कहते हुए सुजीत बिट्टू के साथ यूँ मगन होकर खेलने का छलावा करने लगा जिससे बबिता को लगे कि उसके बाहर रुकने की वजह बिट्टू ही है।

सुजीत बबीता का छोटा भाई है। इसी वर्ष बीए की परीक्षा जैसे-तैसे पास की है। नौकरी का कोई ठिकाना नहीं था और घर में पिताजी फटकार लगाते थे, सो बड़ी बहन ने यहाँ बुला लिया।

''कुछ जोड़-तोड़ से ही नौकरी लगवा दो उसकी।'' बबीता ने एक दिन मोहन का मूड देखकर उससे सुजीत के लिए कहा था।

''अब तुमने उसे सर पर लाकर बैठा ही दिया है तो कुछ सोचूँगा।'' मोहन ने झुंझलाते हुए कहा था, ''बाक़ी मैं कहे दे रहा हूँ, तुम्हारे भाई के लच्छन ठीक नहीं हैं। दिनभर आवारों की तरह घूमता रहता है।''

''घूमता नहीं है, काम की जुगत में जाता है।'' बबीता ने सुजीत का पक्ष लिया।

"हाँ! पता है मुझे, बड़ा काम..." मोहन बोला।

"अरे तो आप ही लगवा दें ना कहीं।" कहते हुए बबीता ने मोहन को घूरा, फिर अपने काम में लग गई थी।

ऐसी कई बातचीत पिछले छह महीनों में हो चुकी थी, जबसे सुजीत आया था। लेकिन अब तक कोई बात बन ना पाई थी। शुरू के दो-तीन महीने सुज़ीत ने एक टेंट हाउस में काम किया। वहाँ से उसने काम तो छोड़ दिया लेकिन दोस्त बना लिए। उनके साथ वह अपना ख़ुद का कोई धंधा शुरू करने की प्लानिंग करता रहता है। जबसे नीरू काम पर लगी, वह सब काम-धंधे की बातें छोड़कर बस उसी के आगे-पीछे मंडराता रहता।

नीरू है भी तो ऐसी ही। सोलह की है। शरीर पर जवानी के सारे उभार कस चुके हैं। रंगत साँवली है। हाथों में बरतन-झाड़ू कर-करके जालियाँ पड़ गई थीं। बाल भी अफ़्रीकन लड़कियों जैसे उलझे रहते हमेशा, जिन्हें वह जुड़ें में खोंसे रखती। यूँ ऊपर-ऊपर से कोई देखे तो साधारण-सी देहातन। जो कोई उसे छूकर क़रीब से परखे तो उसकी गहरी आँखों में उतरता जाए। उसके होठों का कत्थई रंग मानो ईश्वर ने आकर्षक लिपस्टिक का शेड लगाकर ही भेजा हो। सुजीत को जो लुभाता, वह थी उसकी सुराही-सी गर्दन जिसे देखते ही उसकी आँखें फिसलते हुए सीधे उसकी छातियों तक पहुँच जातीं।

"ये तेरी पीठ पर जले का निशान कैसा है?" पहली बार नीरू जब सुजीत के सामने निर्वस्त्र हुई तो उसकी पीठ पर हाथ फेरते हुए सुजीत ने लंबी-सी एक उभरी हुई रेखा देखी थी।

सुजीत के पूछते ही मंद-सी हँसी गूँजी थी नीरू की। मानो अतीत के अत्याचार को हवा में उड़ाने के लिए हँसी हो। फिर बोली, "एक दिन रोटी देरी से बनी, मामा मारने लपका तो उसे भीतर वाली कोठरी में बंद कर दी थी। उसी की निशानी है।"

"वो तुझे इतना मारता क्यों है?" सुजीत ने उसकी पीठ सहलाते हुए पूछा।

"बाप नहीं है मेरा, मैया ने हमारे लिए दूसरा बाप ढूँढ लिया है जो मामा को मंज़ूर नहीं है, लेकिन बड़ी बहन को मार नहीं सकता तो उसका ग़ुस्सा

मुझ पर निकाल लेता है।'' कहते हुए नीरू हँस दी। उसके लिए हर बात में एक हास्य था। वह चाहे अपने शरीर पर मिले ज़ख़्मों की कहानी सुनाए या फिर मन पर मिले ज़ख़्मों की, ना उसकी आँखें नम होती थीं ना ही चेहरे पर मायूसी आती थी।

''तो माँ तुझे बचाती नहीं?'' सुजीत ने उसे बाहों में कसते हुए पूछा।

नीरू मुस्कुराई, फिर थोड़ा ठहरकर बोली, ''वो पहले ख़ुद को ही बचा ले।''

''मतलब?'' सुजीत ने पूछा।

''आधे समय नशे में धुत्त रहती है, आधे समय अपने ख़सम की बाहों में।'' कहते हुए नीरू फिर हँस दी। अबकी नीरू हँसी तो सुजीत ने उसके होठ चूम लिए, फिर उसकी गर्दन से नीचे उतरता गया, चूमता गया और उस दिन नीरू ने सुजीत और उसके बीच बनी मालिक–नौकर की दीवार को ढहते हुए देखा। उसके बाद यह महीने में हर चौथे दिन की कहानी बनने लगी थी। सुजीत पहले से ऐसी गोटी बैठाता था कि बबीता घर जल्दी आएगी या नहीं इसकी ख़बर उसे मिल जाए। मोहन और बबीता की तरफ़ से बेफ़िक्र होकर ही वह नीरू को बाहों में लेता। जितनी देर वे दोनों चरम सुख का आनंद उठाते उतनी देर बिट्टू को मोबाइल में कार्टून देखने का आनंद मिलता।

यह सब घड़ी की सुई की तरह निहित वक़्त पर हो रहा था, कि एक दिन नीरू नहीं आई। पिछले तीन महीनों में यह पहली बार था जब नीरू ने छुट्टी की थी।

''जाने कहाँ मर गई आज ये।'' सुबह के साढ़े सात बज चुके थे। नीरू का अता–पता नहीं था। बबीता का दिमाग़ गरम हो रहा था, ''मरी को नहीं आना था तो बता देती। अब स्कूल कैसे जाऊँगी बिट्टू को छोड़कर!'' बबीता ने बड़बड़ाते हुए चाय छानने के बाद छलनी यूँ सिंक में फेंकी मानो नीरू पर ही दे मारी हो। बबीता आठ बजे स्कूल जाती तब तक नीरू चाय–नाश्ता सब तैयार कर चुकी होती थी।

''नीरू नहीं आई आज?'' हल्ला सुनकर सुजीत ऊँघते हुए उठकर आया और पूछाए ''नहीं आई। ना फ़ोन लग रहा उसका।''

बबीता ने चाय का एक कप सुजीत के हाथ में पकड़ाया और दूसरा लेकर कमरे में मोहन को देने चली गई।

"सुजीत को उसके घर भेज दूँ देखने?" बबीता ने मोहन से पूछा।

"अरे अब इतना भी मत भाव बढ़ाओ उसके। इन लोगों की आदत होती है बदमाशी करने की। देखना पैसा बढ़वाने का ड्रामा होगा ये सब।" मोहन ने कहा तो बबीता का मुँह उतर गया। मन ही मन बुदबुदाई, "भाव ना बढ़ाऊँ तो क्या करूँ? नौकरी पर कैसे जाऊँगी? तुम तो चाहते ही हो कि मैं नौकरी छोड़ दूँ।"

बबीता बाहर आई और स्कूल में फ़ोन कर दिया कि आज वह नहीं आ सकेगी। नीरू के आने के बाद से उसने घर के काम जैसे छोड़ ही दिए थे। सुबह छह बजे से नीरू जितना पैरों से थिरकती, उतनी ही तेज़ी से उसके हाथ भी चलते। काम को इतनी फुर्ती और सफ़ाई से करती मानो जन्मों से यही काम कर रही हो। बबीता की आदत छूटने की वजह से बड़े दिनों बाद जब फिर से काम करना पड़ा तो बबीता दिनभर चिड़चिड़ाती रही। दिन में उसने कई बार नीरू को फ़ोन लगाया लेकिन 'The number you have called is switched off.' सुनते ही वह फ़ोन पटक देती।

"आने दो इसको कल बताऊँगी।" बबीता बड़बड़ाती जाती और काम करती जाती। उसके बड़बड़ाने से नीरू आती तो अभी ही ना आ जाती। नीरू आई वापस तीन दिन बाद। बाहर वाला दरवाज़ा खोल ही रही थी कि चाट वाले ने टोका, "तीन दिन से कहाँ जई रहीस?"

"तोर से मतलब? अपने काम से काम रखा कर।" नीरू ने मुँह टेढ़ा करके जवाब दिया और घर के भीतर घुसने लगी।

"मैडम जी अगर काम से निकलाई देबे तो मोके बताई देबे। मैं कहीं दूसर जगह काम पता लगाईं देबूँ।" कहते हुए चाट वाला मुस्कुराया।

"मोंय अपन काम ख़ुद देख सकत हों तोखन परेशान होइकर जरूरत नखे।" तुनककर नीरू अंदर चली गई। घर की बाउंड्री में बनी जालियों से चाट वाला उस पर अपनी नज़र टिकाए रहा। अंदर जाकर नीरू ने घंटी बजाई तो बबीता ने दरवाज़ा खोला। सामने नीरू को देखते ही उसका चेहरा तमतमा

उठा।

"कहाँ मर गई थी?" बबीता ने भीतर जाकर सोफ़े पर बैठते हुए पूछा। बिट्टू भी वहीं खेल रहा था। नीरू को देखते ही 'तुम कहाँ गई थी नीरू दीदी' कहते हुए उसके पास आ गया। नीरू ने झट से उसे उठाया और कंधे पर बैठाकर डांस करने लगी, "एक, दो, तीन, ला ला ला..."

"मैं पूछती हूँ तो कुछ बोलती क्यों नहीं? आई क्यों नहीं तीन दिन? तीन दिन से रोज़ बहाने बनाकर स्कूल से छुट्टी ले रही हूँ। तेरी वजह से मेरी नौकरी चली जाती।" कहते हुए बबीता ने बिट्टू को नीरू के कंधे से उतारा और अपनी गोद में बैठा लिया, "अब कुछ बोलेगी?"

"जाइए दीदी नौकरी तो आप छोड़ने से रहीं। मेरी जगह कोई नई लड़की ढूँढ लेंगी।" कहते हुए नीरू मुस्कुराई।

नीरू की बात सुन बबीता का ग़ुस्सा बढ़ गया। बोली, "मोहन ठीक ही कहते हैं। भाव बढ़ गए हैं तेरे। पहले ही दिन कहा था बिना बताए ग़ायब मत होना।"

"मेरे बस में होता तो ना होती।" कहकर नीरू फिर हँस दी।

"तो किसके वश में है?" बबीता ने पूछा।

"मामा के।" नीरू बोली। अब तक वह बबीता के पास ही ज़मीन पर बैठ चुकी थी। बिट्टू उसकी गोद में आकर बैठ गया था।

"क्यूँ री, क्या किया तेरे मामा ने?" बबीता ने नीरू की ओर देखा। मामा का नाम बीच में आते ही बबीता का उबलता दिमाग़ कुछ शांत होने लगा।

"किया नहीं, करना चाहता है।" कहते हुए नीरू ने बबीता की आँखों में देखा, "मेरा ब्याह करना चाहता है।" कहते हुए उसने अपनी सलवार को दाहिने पैर से ऊपर उठाया और बबीता के आगे पैर बढ़ा दिया।

"हाय राम!" बबीता के चेहरे पर करुणा उभरी, "ये कैसे जला इतना भयानक?"

"मामा अपनी उधारी में मुझे चुका रहा है। किसी से बहुत कर्ज़ा लिया था अब कर्ज़े को पैसे नहीं हैं तो उस हरामी दल्ले से मेरा ब्याह करना चाहता

है।'' नीरू बोली।

''वो आदमी भी तुम्हारी जाति का है क्या?'' बबीता ने यूँ पूछा कि नीरू उसका आशय समझ गई।

''ऊँची जाति का ही है दीदी, लेकिन उसकी बीवी मर चुकी है। दो बच्चे हैं। सट्टा का नशा करता है तो उसे उसकी जाति वाली कोई कुँवारी लड़की मिल नहीं रही।'' कहते हुए नीरू मुस्कुरा दी। ''आदमी जात है, पैंट गरम किए बगैर कब तक ज़िंदगी गुज़ारेगा?'' इस बार नीरू खी-खी-खी करके हँस रही थी।

''चल पगली! कुछ भी बोलती है।'' बबीता ने मुस्कुराते हुए कहा।

''तेरी माँ कुछ नहीं कहती? वो कैसे मारने देती है मामा को?'' बबीता ने हैरानी से पूछा।

''वो घर में रहेगी तब तो उसे कुछ मालूम होगा।'' नीरू ने आँखें तरेरीं, ''हफ़्ता-हफ़्ता ग़ायब रहती है उस आदमी के चक्कर में और जब घर आती है तो नशे में धुत्त। उसे तो अब गिनती भी याद ना होगी कि उसके कितने बच्चे हैं!''

''ऐसे नहीं बोलते।'' बबीता ने नीरू के सर में धीमे से चमाट मारी, ''वैसे तू क्यों इनकार कर रही है? सोलह की तो तू हो ही चुकी है। साल-दो साल में वैसे भी तेरी शादी कर ही देते घर वाले। ऊँची जाति का है, पैसे वाला है, ठाठ से रहेगी। दूसरों के घरों में काम नहीं करना पड़ेगा, बल्कि तेरे अपने घर में नौकर होंगे।''

''मेरा दूल्हा कोई बुड्ढा-ठुड्ढा नहीं होगा दीदी, एक दम जवान होगा, जवानी से भरा हुआ, जो मेरे साथ नाच सके और मेरे नाच को देख भी सके।'' कहते हुए नीरू खिलखिलाकर हँस दी, ''अब काम कर लूँ कि किसी और को रखेंगी?'' नीरू ने पूछा।

''क्यों रखूँगी किसी और को? चल चुपचाप काम कर ले। और सुन, जा पहले एक बढ़िया-सी सिकंजी बना दे, तेरे हाथ की सिकंजी से बढ़िया नशा होता है।'' कहते हुए बबीता सोफ़े पर पसर गई। तीन दिन बाद उसे यूँ सुस्ताने का मौक़ा मिल रहा था।

नीरू बबीता की बात पर हँसते हुए रसोई में चली गई। रसोई में पहुँचकर उसने सबसे पहले सुजीत को मेसेज किया, "मैं आ गई हूँ।" मैसेज करते हुए उसे रीढ़ में झुरझुरी महसूस हुई मानो सुजीत का हाथ उसकी कमर से लगा हो। वह अपनी ही सोच पर मुस्कुराई और काम में लग गई।

"सुन तू यहीं रहकर काम क्यों नहीं करती?" उसी दिन शाम को नीरू घर जाने को हुई तो बबीता ने रोका। "घर में वैसे भी तेरा मामा मारता है। तू ब्याह से मना करेगी तो फिर मारेगा। माँ को तेरी मतलब है नहीं तो यहीं रह जा।" बबीता नीरू को जता तो यही रही थी कि वह उसके भले की ही बात कर रही है। उसे उसका ख़याल है। फ़िक्र है। लेकिन असल में उसे धुकधुकी ये चल रही थी कि कल से नीरू फिर ग़ायब हो गई तो उसका क्या होगा? मोहन दूसरा नौकर ढूँढने में नाटक करेगा। उसे तो बहाना मिल जाएगा नौकरी छुड़ाने का। बबीता किसी भी तरह नीरू को हाथ से जाने नहीं देना चाहती थी।

"मैं आज तो चली जाती हूँ। कल आ जाऊँगी अपने कपड़े लेकर। भाई-बहन को भी बता दूँगी।" कहकर नीरू चली गई। उसे तो जैसे मुँह-माँगी मुराद मिल गई थी। वह भी तो इस घर में रहना चाहती है, "हाँ लेकिन सुजीत की पत्नी बनकर, नौकरानी बनकर नहीं।" इस ख़याल को नीरू ने झटका और फ़िलहाल नौकरानी में ही काम चलाने का मन बना लिया। सुजीत के साथ उसे और ज़्यादा वक़्त मिलेगा। रात मिलेगी। सोचकर ही उसका बदन खिल उठा। उसने दोनों हाथों से ख़ुद को बाँधा और पैरों को नचाते हुए घर से निकल गई। चाट वाले ने नीरू को इतना ख़ुश कम ही देखा था। नीरू की जब उससे आँखें मिलीं तो उसने बिना कुछ कहे ही आँखों ही आँखों में चाट वाले को दुत्कार दिया और लहराते-नाचते आगे बढ़ गई। घर पहुँची तो मैया आई हुई थी। नीरू हैरान थी कि आज मैया घर में भी है और होश में भी। ऐसा साल-खांड़ में एकाध बार ही होता था। नीरू जान गई कि कोई ज़रूरी ही बात होगी। या तो अगले दिन रोपा के लिए जाना होगा, या फिर बैंक का कोई काम होगा। उसने ना किसी से कुछ पूछा, ना ही बताया कि अब कल से उसकी घर वापसी नहीं होगी। उसने तय कर लिया था कि कल सबेरे वहाँ पहुँचकर मैया को फ़ोन कर देगी। पहले बताएगी तो मामा पैर बाँधकर घर में पटक देगा।

"तोंय कतेक दिन रहबे?" नीरू ने रसोई में चूल्हे पर फूँकनी देती माँ से पूछा। माँ जब घर में होश में होती तो वही खाना पकाती। वरना तो नीरू सुबह चार बजे उठकर, नदी जाकर, नहाकर, कपड़े-लत्ते सब निपटाकर, भाई और मामा के लिए खाना पकाकर जाती। साँझ को जब वापस आती तो फिर चूल्हे में घुस जाती। यूँ सुस्ता के थाली में ख़ुद से खाना आ जाए ऐसा मौक़ा कम आता था लेकिन नीरू को बस इसी मौके पर माँ अच्छी लगती। उससे लाड़-लड़ाने की इच्छा होती। पर, ना तो ऐसा उसने कभी किया था, ना ही माहौल उसे ऐसा करने देता।

"काइल रोपा हुई तब जाबूँ।" माँ ने नीरू की थाली में गरमा-गरम भात डालते हुए कहा। "देख मैया, जल्दी खाबे-पीबे, अउर जल्दी सूतबे। बिहाने जल्दी उठबै, रोपै रोपेक जाब।"

"मोय नई जाबूँ। आज दीदी खिस्साई है। मामा मोके माइर रहक से करले तीन दिन नई जई रहूँ।" नीरू ने अपनी बात दृढ़ता से, बिना किसी हमदर्दी की उम्मीद के कही और फुर्ती से खाना निपटाकर सोने चली गई। खाट पर पड़ते ही उसने सुजीत को मैसेज किया, "कल से तुम्हारे साथ होऊँगी, रात में भी।"

"आज की रात कैसे काटूँ इंतज़ार में?" सुजीत ने रिप्लाय किया। मैसेज पढ़कर नीरू मुस्कुराई तो उसने चादर से मुँह ढाँप लिया। घर में रहती थी तो मामा पूरी नज़र रखता था। उसका फ़ोन भी माँगकर देखता रहता कि किसी लड़के के चक्कर में पड़ गई तो उसके हाथ से निकल जाएगी। अगली सुबह वही हुआ जो नीरू ने तय किया था।

"माँ आज से मोय नई आबूँ। उहै ठन रहबूँ।" दोपहर के खाने के समय नीरू ने माँ को फ़ोन करके कहा।

"तोर मामा के बताबे।" माँ ने अपने कंधे से ज़िम्मेदारी उतारकर मामा के कंधे पर डालते हुए कहा।

"मोय मामा के नई बताबूँ। तोंय जान। मैं हलहे घर आबूँ जब तोंय घर आबे अउर बिना दारू पिए आबे।" होश में पर ज़ोर देते हुए नीरू ने कहा और फ़ोन काट दिया। नीरू जानती थी कि मामा यहाँ आकर कोई हंगामा नहीं

करेगा। मोहन से डरता था वो। शुरू-शुरू में जब नीरू काम पर लगी ही थी तब एक दिन उसने बहुत नौटंकी मचाई थी काम छुड़ाने के लिए। क़िस्मत से उस दिन इतवार था। मोहन ने अपने थानेदार मित्र को फ़ोन करके मामा की अच्छे से पूजा करवा दी थी। उस दिन के बाद से मामा घर में झाँका नहीं। ये और बात है कि उस पिटाई का बदला मामा ने घर में जमकर नीरू पर निकाला था। पर नीरू ने काम नहीं छोड़ा।

नीरू ने जबसे बबीता के यहाँ रहना शुरू किया था बबीता को तो जैसे एक्स्ट्रा प्रोटीन मिलने लगा हो। पहले नीरू शाम को चली जाती थी। अब रात का खाना औरं उसके बाद सबके कमरे में पानी की बोतल, दूध चाय सब नीरू के जिम्मे। पहले वह सिर्फ़ बिट्टू की आया थी, अब पूरे घर की आया बनती जा रही थी। रात जब बबीता और मोहन के खर्राटें घर में गूँजने लगते तब सुजीत दबे पाँव नीरू को अपने कमरे में ले जाता। कमरे के भीतर की आवाज़ें उन्होंने कभी बाहर नहीं आने दीं। नीरू के लिए सब कुछ वैसा ही चल रहा था जैसा वह चाहती थी।

"तुम दीदी से कब बात करोगे? सारी ज़िंदगी मुझे यहाँ की नौकरानी ही बनाए रखोगे या ब्याह भी करोगे?" एक रात नीरू ने अपने नंगे बदन पर कपड़े चढ़ाते हुए पूछा।

"पहले अठारह की तो हो जा। इतनी क्या जल्दी पड़ी है कि ब्याह के चक्कर में जेल जाना पड़े।" सुजीत ने उसका हाथ खींचकर उसे फिर बिस्तर पर बिठा लिया।

"सालभर ही तो बाक़ी है, तुम दीदी से बात तो करना शुरू करो।" नीरू बोली।

"अरे कर लूँगा, इतनी बेचैन मत हो। जो ब्याह के बाद मिलता वो तो अभी ही मिल रहा है ना।" कहते हुए सुजीत की आँखों में फिर से हवस तैरने लगी। उसने बाहों में नीरू को दबोचा तो नीरू उसे झटककर खड़ी हो गई।

"ब्याह के बाद सिर्फ़ यही नहीं मिलता।" उसने अपने हाथों से अपनी देह को दिखाते हुए कहा, "इज़्ज़त भी मिलती है। तब इस तरह छुप-छुपकर-डर-डरकर नहीं मिलना पड़ेगा।"

"अरे चुप हो जा रे।" सुजीत ने कुछ नाराज़गी जताई।

"हुँह!" कहते हुए नीरू कमरे से बाहर चली गई।

ढाई महीने में यह पहली बार था जब नीरू सुजीत से नाराज़ हुई थी। वह जाकर सो गई। इसके बाद कुछ महीने यूँ ही बीत गए। हर तीसरे दिन नीरू सुजीत से ब्याह के लिए कहती और सुजीत हर बार उसे डाँटकर चुप करा देता।

"तोंय घर जातहिस के धइर के लेगोन।" नीरू के बबीता के यहीं बस जाने के महीने भर बाद ही नीरू का मामा आ गया था उसे लेने।

"मोंय नी जाबूँ बगरा परेसान करबे तो मोर मोहन भैया के बताई देबूँ।" नीरू डर भी रही थी और धमका भी रही थी।

"दुई झापड़ देबूँ नी धमकी भुलई जाबे।" मामा ने नीरू की चोटी पकड़कर उसे दरवाज़े से बाहर ले जाते हुए कहा।

"छोड़... छो... छोड़ मोर।" नीरू चीखी, "दीदी, बचाओ मुझे।" नीरू ने ज़ोर-ज़ोर से चीखना शुरू किया तो बबीता भागी आई। नीरू का मामा उसे सड़क पर घसीटते हुए ले जा रहा था।

"अरे सुजीत।" बबीता घर की ओर मुड़कर चिल्लाई "ऐ, छोड़ लड़की को।" अबकी बबीता मामा की तरफ देखकर चिल्लाई। सुजीत भीतर से भागा आया और उसने जैसे-तैसे नीरू को मामा से छुड़ाया। जाते-जाते मामा बोला, "सादी तो मोर मरजी से ही करेक पड़ी तोंय देख मोय का करत हों।" कहकर जब मामा चला गया तो नीरू बहुत डर गई। वह अपने मामा को जानती थी। जब मामा अपनी ज़िद पर आ जाए तो उसे किसी-ना-किसी तरह पूरी करके ही रहता है। बबीता ने नीरू को समझाया कि वो कुछ दिन घर से ना निकले। मामा उनके घर में घुसकर तो कुछ कर नहीं सकता। तेरी माँ अगर आएगी तो हम निपटेंगे, "ऐसे कैसे बच्ची के साथ अन्याय होने देंगे।" कहते हुए बबीता ने नीरू के कंधे पर हाथ रखा। "तू फ़िकर मत कर। जा अब जल्दी से सब्जी चढ़ा दे, रात के खाने को देर हो जाएगी।" कहते हुए सब अपने-अपने काम में लग गए।

अगली सुबह जब बबीता छह बजे सोकर उठी तो बाहर का दरवाज़ा

खुला हुआ था। उसने भागकर चैनल देखा तो वहाँ भी ताला खुला हुआ था। वह हड़बड़ाती हुई, ''नीरू... ए नीरू!'' पुकारते हुए घर में घुसी। नीरू को लगती आवाज़ें नीरू के अलावा सबको सुनाई दीं। पहले सुजीत आँखें मलते हुए उठकर आया। फिर मोहन, ''क्या हुआ? सबेरे-सबेरे क्यों इतना हल्ला कर रही हो।''

''नीरू कहीं दिख नहीं रही। मैं उठी तो बाहर के दोनों दरवाज़े खुले थे।'' बबीता ने कहा और धम्म से माथा पकड़कर सोफ़े पर बैठ गई।

''अरे पहले अलमारी और सामान देखो, कुछ ग़ायब तो नहीं हुआ!'' मोहन ने बबीता को फ़टकारते हुए कहा।

''सब देख लिया मैंने। कुछ ग़ायब नहीं लगता, सिवाय नीरू के।'' बबीता बोली।

सुजीत घर के बाहर ''नीरू!... नीरू!'' चिल्लाते हुए गया। नीरू कहाँ सुनने वाली थी। नीरू तो भागी जा रही थी। गाँव के बाहर से गुज़रती रेलवे पटरी पर पीछे से कोई उसे पुकार रहा था, ''नीरू रुक... ऐ रुक लड़की... ए मैया रुक... नीरू रुक!''

''तोंय मोर पीछ का ले नी छोड़ीस, भाग इठन से।'' नीरू कहती जाती और तेज़, और तेज़ भागती जाती। दूर से ट्रेन आ रही थी। नीरू का पीछा करते चाट वाले ने अपनी गति और बढ़ाई, ''नीरू रुक... ए मर जईख... रुक, तब कउन नाची?''

चाट वाला सुबह की क्रिया के लिए पटरियों पर आया था। जब उसने किसी लड़की को पटरियों पर भागते देखा, तब झट से लोटा उठाया, क्रिया से निपटा और धोती बाँधकर लड़की के पीछे हो लिया। थोड़ा आगे पहुँचा तो उसे नीरू पहचान में आ गई। वह पूरा दम लगाके भागा और जाकर नीरू को दबोच लिया। फुर्ती से पटरी से हटाया। ट्रेन अब भी उनसे कुछ सेकेंड्स दूर थी। वह नीरू को तब तक दबोचे रहा जब तक ट्रेन गुज़र नहीं गई। ट्रेन के गुज़रते ही उसने नीरू को छोड़ा तो नीरू ने पास ही से एक पत्थर उठाकर उसे मारने को हाथ उठाया, ''मुझे दुबारा हाथ लगाया तो इसी से सर फोड़ दूँगी तेरा।''

"बाबा टांगीनाथ की सौगंध जो मैं तुझे हाथ भी लगाऊँ तो।" चाट वाले ने अपनी गर्दन पर चिंवटी ली, "पर बिटिया जे तो बता कि मरने काहे आई?"

चाट वाले की आँखों में अपने लिए करुणा, मुँह से बिटिया सुनकर नीरू के हाथ का कसाव ज़रा कम हुआ। उसे ध्यान आया कि आज तक चाट वाले ने उसे जब भी देखा, कभी गंदी नज़रों से नहीं देखा। उसकी आँखों में छिछोरापन नहीं था। वह देखता था पर शायद वैसे ही जैसे अपने गाँव की बेटी को कोई नज़र में रखना चाहता हो। उसने कभी नीरू से कोई गंदी बात भी नहीं की थी। कभी हाथ नहीं लगाया था। वह बस आते-जाते उसका हाल-चाल पूछता। यह सब सोचते-सोचते नीरू उसके सामने ही बैठ गई और नीरस आँखों से पटरी को देखने लगी।

"मोय पेट से हों। सुजीत कर छहुआ हेके अउर उके मोय बता लों तो कहलक ख़राब करबाई दे, अउर बहिन केर घर से काम छोइड़ दे। अउर केखो बतालक तो मोर गंदा विडिओ सबके दिखाई देबे।" नीरू ने एक साँस में कह दिया। उसकी आँखों में ना आँसू थे ना ही माथे पर शिकन। वह बिना किसी भाव के यूँ बैठी थी मानो अब आगे सब अँधेरा है और जीवन के लिए कोई दिशा नहीं। ना रोकर ना जीकर कुछ हासिल नहीं होना था। उसके सामने बस शून्य था।

"तोंय पुलिस ठन काले नई जइस?" चाट वाले ने कहा।

"तोंय जानिस नहीं ऊ थानेदार मोहन भैया कर पक्का दोस्त हेके।" नीरू ने अब तक कई सारे छोटे-छोटे पत्थर अपने आस-पास जमा कर लिए थे।

"चल मोर संगे।" चाट वाला नीरू का हाथ पकड़ उठाने लगा।

"छोइड़ दे मोके।" नीरू ने झटके से फिर हाथ छुड़ा लिया।

नीरू ने हाथ छुड़ाया तो चाट वाला शांति से ज़मीन पर बैठ गया। कुछ देर शून्य में देखता रहा। जाने जैसे हिम्मत जुटा रहा हो कुछ कहने की। उसके चेहरे का रंग पीला पड़ रहा था। और आँखे पथराने लगी थीं।

"पिछले साल जंगल में जौन लड़की का लाश मिला था ना, ओ हमारी ही बिटिया थी।" चाट वाले ने कहा। अब उसके चेहरे पर कोई भाव नहीं

था। नीरू उसे एकटक घूर रही थी। एक और ट्रेन धड़धड़ाते हुए उनके पास से गुज़र गई।

''तोंय जितेक दिन रहबे मोर घरे रही सकत है। मोंय अपन बेटी बतैके तोंय डाकटर ठन दिखाई देबूँ। अभी तोर उमर नखे माँ बनई कर। पढ़-लिख अउर ऊ छोड़ा के छोड़ हटाव।''

अबकी चाट वाले ने जब नीरू का हाथ पकड़ा तो उसने हाथ नहीं छुड़ाया। वह उसके साथ-साथ चलती रही। उसी शाम नीरू मुँह पर कपड़ा बाँधकर बबीता के घर की तरफ़ आई थी सोचकर कि बबीता से माफ़ी माँगेगी और अपने कपड़े उठाकर वहाँ से आ जाएगी। वह घर में घुसती उससे पहले ही उसे बबीता की आवाज़ आई, ''तू ठीक ही कहता है, भाग ही गई है वो किसी के साथ। उसकी माँ भी तो ऐसी ही थी, जाने किस-किस के साथ सोती फिरती है।''

''अब आग लगने दो दीदी उसमें। मैं तुम्हारे लिए कोई दूसरी लड़की खोज दूँगा। अच्छी-सी भरोसे वाली।''

कानों में ये शब्द पड़े तो नीरू के क़दम वहीं से वापस हो लिए। उसके बाद चाट वाले के अलावा किसी को नहीं पता चला कि नीरू कहाँ गई।